JN076297

日々是混乱（ひびこれこんらん）

これが私のニューノーマル

はじめに　新しい「BBA（ババア）道」をゆく！

令和元年、私は還暦を迎えました。

泣いても笑っても60歳。こうしてあらためて文字にすると、インパクトが大きすぎて驚愕（きょうがく）！　でも事実だし、誰でも、若い頃は自分が還暦を迎えたときのことなんて、想像できなかったですよね？　しかも私たちが幼い頃の還暦は赤いちゃんちゃんこを着た白髪の、おばあさんやおじいさん。まさかリアルに自分が還暦を迎える日が来るとは！　もう悪夢です。2年前、ものすごく疲れて、気力も落ち、「やりたいこと」を考えても思いつかなくなってしまった時期がありました。更年期&老化？

あれほど大好きだったお出かけがイヤになり、化粧もせずに、じっと家にこもったあげく、掃除さえできなくなってしまった。やる気スイッチがどうしても見つからないのです。肉体的にも精神的にもダメージを受けて、生まれて初めて、根性と気力だけでは越えられない山があることを知ったのです。

最初はジタバタしました。これでは抜け殻になってしまう！「一気に老人？　はイヤ」と、無理やり出かけたりもしてみました。でも、頑張れば頑張るほど疲れてしまう。仕方ないと諦めて、引きこもってだらだら過ごすうちに、そうした「もうテキパキと、パワフルにはできない自分」を受け入れられるようになってきました。すると、少しずつ、元気が出てきたのです。

でも、その元気は、若いときの元気とは違います。

新しい「ＢＢＡ（ババア）道＊」をゆくための元気なのではないか、と思うようになりました。

アンチエイジングの時代は終わった、と私は思っています。抗（あらが）うためではなく、今の自分とともに生きる。波にのるために、残り少ないエネルギーを使いたい。昔の自分に戻るのではなく、ＢＢＡであっても新しい自分に出会うことを、これからの喜びにしたい。

新しい元号、新しい時代に、新しいＢＢＡの楽しみを探していきたい、みなさんと共有していきたい。そうした想いで、平成最後の年から、令和をまたいだ連載を一冊にまとめました。

お付き合いいただけたら嬉しいです。

＊ＢＢＡ＝ビューティフル・ブリリアント・エイジ(Beautiful Brilliant Age)という素晴らしい言葉を教えてくれたのは、みきーるさん！　ご本人に許可をとって、使わせていただきました。

CONTENTS

第1章　生き方とこころを見つめよう！

第2章 おしゃれは永遠の楽しみ！

第3章 BBAこそ旅を！

第4章 令和のニューノーマル

写真（カバー・本文）—地曳いく子
ブックデザイン—アルビレオ

第1章
生き方とこころを見つめよう!

老眼鏡とロックの日々

何かを失って何かを得る

スコットランドで買った老眼鏡のケースには、ローリング・ストーンズのアップリケをつけて。

ビールから、ビオやオーガニックな白ワインへ

私を含め、同年代の友人たちのお酒の飲み方が変わってきたように思います。歳のせいや時代が変わったというのもあるかもしれませんが。

以前は、夏でも冬でもビールが大好きだった私も、このところもっぱら白ワイン派に。しかもBBAらしく、ビオやオーガニックなど、ナチュラルな白ワインを、休日には昼からいただくのが人生の楽しみに。バブル時代に一生懸命覚えたフランスのワインの産地や名前はあまり役にはたたない時代になり、ワインもお店のオススメやエチケットラベルが

素敵な、あまり高価ではないものを選ぶようになりました。

あとは、ハイボール（カッコつけて言うとウイスキー&ソーダですね）もよくいただきます。カロリーも低いし翌日に残りにくい。個々の体質にもよると思いますが、私の周りのババア&ジジイたちは、みんな気がついたら白ワインorハイボール派に転向していました。ハイボールは、プリン体が気になるジジイやカロリーを無駄にとりたくないBBAには最高の飲み物かもしれませんね（笑）。

若い頃「何これ？ ガーゼの味しかしないじゃない？」と嫌っていたスコッチウイスキーの味に目覚めたのも、50代後半、スコットランドに旅をしたときでした。

うーん、大人にならないとわからない味もあるんですね。今ではバーで「マッカラン12、ロックで、あと、お水もお願い」ってオーダーしています。

老眼鏡で小道具がひとつ増えます

最近、私が凝っているモノ。そのひとつが老眼鏡です。最近はおしゃれに、「リーディング・グラス」ともいわれるようですね。

私は強度の近視のため老眼が始まった時期が遅かったこともあり、正直いって、老眼鏡を使うようになったらおしまい！ と思っていた時期がありました。今となっては、なんて浅はかだったんだろうと笑っちゃいます。だって、ひとつおしゃれ小道具が増えるんです。顔がしまったり、服装に合わせて付け替えたりと、楽しみが増える。

ちなみに私は、コンタクト着用時用にレンズの下だけ老眼鏡のサングラスもつくりました。これなら眼鏡を上げ下げしなくてもＬＩＮＥをチェックできますよね！　しかも黒縁の眼鏡はほぼノーメイクでも顔がボケないし、ちょっとだけインテリ風にも見えちゃいます（笑）。

普通の眼鏡と違って、老眼鏡は、ずっとかけていなければならないものではありません。かける・はずすによって、仕草のバリエーションも広がるし、これが案外、コミュニケーションの間をとるのにも役立ったりするんです。私はよくあるのですが、目の前の相手にカチンときたとき、小言を言いたいとき、老眼鏡を頭の上にずらすことによって、一息入れる。そんな使い方も、粋ではないでしょうか。

だから老眼鏡が必要になったことをネガティブに捉えずに、自分なりの使い方を見つけていきたい。最近はそう思っています。

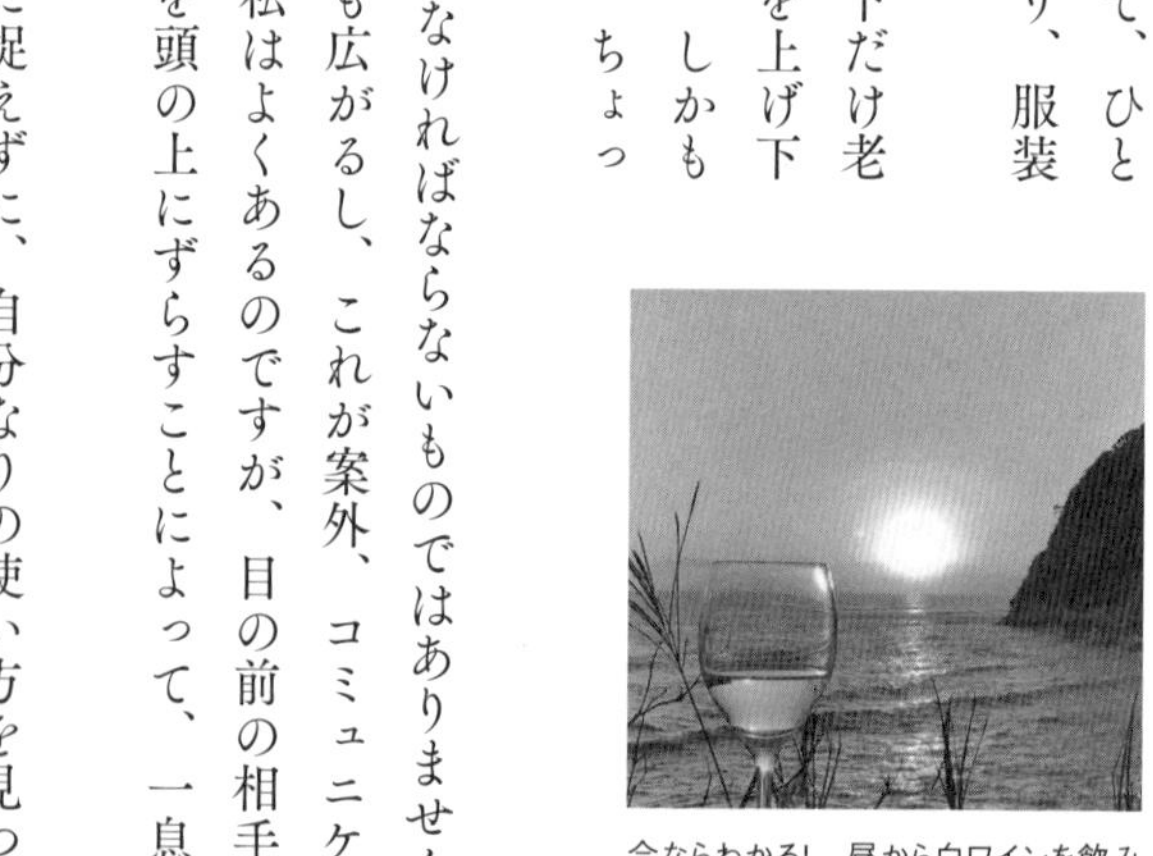

今ならわかる!　昼から白ワインを飲みまくるLAの有閑マダムたちの気持ち。

「五十肩」のリハビリにライブは最強!?

さて、老眼鏡を使うようになった私ですが、若い頃から変わらないものもあります。それはロック愛! ということで、行ってきました、ジュリー(沢田研二)70歳の武道館公演(2019年1月)。

もうね、ジュリー70歳ってことは、応援しつづけたファンも相当なお姉様方。観客もBBA(笑)が多いから、入場に時間がかかるんです。もちろん私もその一人ですが。

みんなゆっくり入場して、手すりを使って用心深く階段を上ったり下りたりしながら、席までたどり着きます。BBAは寒がりだから、着込んでいます。8割が黒やグレーずくめでダウンコート着用率も90%。ライブでも、おしゃれより寒さ対策を優先するのがBBAです。そうした〝武道館いっぱいのBBA愛〟に包まれて、始まりました。ジュリーのセブンティイヤーズ・ライブ・オールド・ガイズ・ロック――。

ギター1本のみを伴奏に、2時間以上、アンコールまで歌い続けたジュリーの声は朗々としていて、これぞロック、でした。若いときに比べてずいぶん肉付きがよくなったのも、この声を出すためだったのではないかと思いましたね。何かを捨てる、あるいは失うことで、何かを得る。これは、BBAになって私が痛感することのひとつです。

武道館いっぱいのBBAたちもノリノリです。ただ、歳のせいか手拍子は「裏拍」でなく、どうしても「表拍」になりがちなのはご愛嬌。何もかも、若い人と同じようにはいきません。肩が痛くて、最初はまっすぐに手が上がらなかった私ですが、コンサートが終わる頃には、いい感じにほぐれていました。五十肩、六十肩のリハビリには、ライブがいちばん！　もちろん無理は禁物で、ほどほどが大事ですが。

ジュリーは「あと10年やるよ！」と言っていました。私のロック愛も、まだまだ続きます。ロック好きの私が初めて武道館に行ったのは13歳のとき。イギリスのグラムロックバンド、T・レックスのライブを観に行きました。以来、47年間、武道館への坂を登っています。「あなたは、還暦を迎えてもライブに行き続けているのよ」と、中1の私に教えてあげたい。本当に「三つ子の魂百まで」になってしまいそうですよね。

いまツイッターなどで、「ライブハウスにババアは来るな！」と言う人がいます。そういう言葉を聞くと、びっくりすると同時に、かわいそうになるんです。誰もが歳をとる。「来るな」と言う若者だって、いつか、ジジイやババアになるわけです。彼らは、歳をとったら自分たちはライブに行かないという前提で言っているのでしょうけれど、それは自分たちの未来の選択肢を、自分たちで閉ざしていることになるのではないでしょうか。

バンドも20年、30年、50年やっていたら、客もBBA（笑）！　ババアはライブハウスに来るなっていう人は、40過ぎたら家でお茶でも飲んで、じっとしていてください！

花とぬいぐるみ

「必需品」でないからこそ

私に足りないのは「メルヘン」な気持ち？

ＢＢＡになると、今までとは趣向の違った新しいものを取り入れたい気持ちも膨らんできました。自分がこれまで遠ざけてきたもの、封印してきたものを解放する喜びを知ったのです。

反対に、ずっと凝っていたもの、こだわってきたものに飽きてくるというか、一段落してしまい、卒業することもあるでしょう。そうした、その時々の波に軽やかにのってみるのも、新しいＢＢＡ道だと思うのです。

かわいがっている黒ユニ子。

それで、あるとき、私に足りないのは「メルヘン」では？　と思いたちました。「いく子さんといえばロックテイスト」と言われてきた私。これまで果てしなく遠いところにあったメルヘンへの興味が、むくむく湧いて、よし、ぬいぐるみを買いに行こう、と。かなり唐突ですよね。

向かったのはFlying Tiger Copenhagen（フライングタイガー）、気軽な値段でいろいろと買える人気の北欧雑貨店です。入り口すぐにかわいく積まれていたのは、ユニコーンのぬいぐるみでした。白、ピンク、ブルー……さまざまな色があるなかで、選んだのは黒。何度かラブリーな色のユニコーンを手に取ったのですが、どうしてもムリ！　辛口ロックの私がメルヘンテイストを充填するとなると、黒のユニコーンが妥協点になるのでした。そんな自分を発見したのも面白かった。

インスタグラムにユニ子の写真をあげると、40代、50代の友だちから続々とDMがきて、「うちの子です、何でも聞いてくれます」など、〝大人ぬいぐるみ愛〟をカミングアウト。大人になってから、部屋にぬいぐるみを置くようになったという人は少なくありません。もちろん猫や犬を飼えたらそれはそれで幸せですが、いろいろな事情で飼えない人もいると思います。

若いときは、どこか「子供っぽい」とか、「子供っぽく見られたくない」と、ぬいぐるみを遠ざけていた人もいるのかもしれません。だけど、ＢＢＡになったからこそ、そうした呪縛を解いて、かわいいものはかわいい、と思えたら素敵だし、ラクですよね。

他にも、ぬいぐるみ古参として、以前から世界中を一緒に旅してくれる「ちゅうくん」もいます。Mr.ビーンが持っていたテディベアのぬいぐるみのミニ版で、何度か洗っているうちに2センチくらい小さくなっていてびっくり。自ら気を遣ってトラベルサイズに変身したのでしょうか？（笑）

スーパーのお買い得の花 そのまま飾らないのがBBAの知恵

お花の楽しみ方も変わってきました。

若い頃はお花を習いにいって、家でも剣山を使って、張り切って枝ものまで活けていたものです。そうやって本気で花を活けるのは素晴らしいし、身が引き締まります。でも、日々の暮らしではどうでしょう？　毎回凝っていては、BBAは、ちょっと疲れる……。で、最近は、もっぱらガラスの花瓶を使っています。これが和風の花にも洋風の花にも合って、オールマイティでよいのです。

ガラスの花瓶には、よくあるピッチャーとか、IKEA（イ

「ちゅうくん」とは世界中を旅しています。

ケア）の2000円以下のフラワーベース、無印良品のワインカラフェもオススメです。そんな手軽なもので十分です。

もしくは、思いっきり投資してコンランン（ザ・コンランショップ）のガラスの花器。

BBAになって思うのは、選ぶのは、「すごくいいもの・高級なもの」か、「身近なもの・手ごろなもの」のどちらか。つまり中間がなくなっていく。極端でいいし、極端が面白い。そういう楽しみ方ができるようになるのも、いろいろなものを試した時代をへて、BBAになったからこそだと思います。

花についていえば、スーパーでワンコイン程度で売っているお買い得の花束はオススメです。

ただ、必ずしもそのまま飾らないのがBBAの知恵。

今日の気分じゃないな、というお花が入っていたら、ごめんなさいと抜いちゃいます（私の場合はラブリー過ぎるかすみ草ですが、かすみ草はそれだけまとめて活けるとまだまあなんとか。薔薇などからは隔離します）。そのために、同じ花束をふたつ買っちゃうときも。で、好きな花だけたっぷり飾る。このひと手間をくわえるだけで、お買い得花束の印象はずいぶん変わります。買ったものをそのまま飾らなければいけないという法はありません。同じものをふたつ買う、ひと手間くわえる、BBAはそんな余裕を持ちたいものです。

チューリップや薔薇なら10本束で同じ色を活ければ簡単。逆に、いろいろな色にしても、同じ種類の花なら素敵に決まります。もしお花を活けるスキルに自信がないときは、花の色か種類を同じものに統一して飾る、あるいはそれにレモンリーフなどのグリーンを足すと素敵に飾れますよ。玄関のお花は白のカサブランカを数本だけ飾ることも多いです。なんだか邪気が祓（はら）われて、清らかな気持ちになるのは気のせいでしょうか?

お花もぬいぐるみも、人生に絶対必要なものではない。ないと生きていけないものではないかもしれません。でも「人生の必需品」でなくても、心を癒やしてくれるものに、お金を使っちゃうのもいいですよね（笑）。

ガラスの花瓶はオールマイティ。オススメです!

お花の選び方としては、季節のお花が狙い目。1束500円から1000円くらいで素敵な花束が買えます。また私の場合、六弁のお花を飾ると、邪気が祓われるような気がするんです。

ライトでディープな友人関係

「還暦お祝いつらかったこと」のおまけ付き

「旅友」とはツイッターで知り合い、沖縄で初めて会いました。

「同じものが好き」というだけでつながれる時代の友人

ＢＢＡになってから、ときに「旅に出る」ことが楽しみになりました。

詳しくは第3章で触れますが、日常から離れたところで、違う自分を発見する、これこそ、ＢＢＡになって多少の余裕が出てきたからこその楽しみではないかと思うのです。

旅は人生のスパイス。いつもと違う状況に身体と心を置くことで、新しい刺激を受けて頭のなかまで柔らかくなります。

で、旅といえば、大切なのが「道連れ」。基本的に一人が好き、旅も「ひとり旅」な私ですが、現地で友だちができたり、旅先で落ち合ったりする「旅友」も大勢います。

2019年のゴールデンウィークに「旅友」2人と3人で旅行をしました。まあ旅行といっても現地集合だし、24時間べったり一緒というわけではありませんでしたが。周囲から「旅友」って昔からの友だちですか？ と聞かれました。実は、違うのです。私たち、わりと最近知り合ったばかり、しかもきっかけはSNS。ここでは、若い頃とはちょっと違う、BBAの友人関係について書いてみたいと思います。

5月に一緒に旅をした2人と知り合ったきっかけは、ツイッターでした。私が沖縄に行く予定をつぶやいたら、「私たちも同じ時期に沖縄に行くので、よかったら朝ごはん、一緒にどうですか？」とDMをいただいたのです。2人はすでに友人同士でした。

普通だったら、知らない方からの誘いにはのらないのですが、今回、例外的に私がのってしまった理由はいくつかあります。

第一に、お誘いいただいた朝食をどうしても食べたくなってしまった。以前からかなり気になっていた約50品目の食材を使った薬膳朝食を食べさせてくれるという、沖縄第一ホテルの人気の朝食に誘っていただいたからです。しかも予約困難のお店！ つまり私の食い意地のせいですね（笑）。

でも、それだけではありません。彼女たちが、私と同じバンドを追っかけているロック好きだったことも大きかった。さらに、私の好きなちょっとマニアックな映画や小説、展覧会も見ていた！　2人のツイッターやインスタグラムなどから、私と同じ匂いのする「カルチャーヲタク仲間」だと知ることができました。

　素敵な朝ごはんをご一緒した彼女たちとは、その後、ライブの合間に、世界遺産であり沖縄のパワースポット「斎場御嶽（せーふあうたき）」や、地元の人に愛される沖縄そば屋に行ったりするのですが、沖縄を発つ日まで、お互いのフルネームは知らないままでした。

これが食べたかった朝ごはん！　約50品目以上もあって、ヘルシーなんです。

　ツイッターやインスタグラムをやっている人であれば、その人がどういう趣味なのか、どういうライフスタイルを送っているのかが、ある程度、垣間見られます。日々の食事、好きな音楽や映画、本、ファッションの傾向などが――公開している範囲内ではありますが――わかる。また、ちょっと大げさな言葉になるかもしれませんが、フェイスブックやツイッターのどんな投稿に「いいね！」をしたか、どんなコメントを残したかで、その人の「思想」や「趣味」、「食べ物の好み」「人となり」がわかる世の中になったのです。

　もしかしたら、会社で毎日隣に座っていて名前から出身校、家族構成まで知っている同僚よりも、SNSでつながっている本名も顔も知らない他人のほうが、自分とつながれる。そんなことがあり得る時代になりました。面白いなあと思います。そしてこういう時代には、友人の作り方も変わってくるはずです。

沖縄で意気投合した私たち。住む場所も、仕事も、家庭環境も年齢も知らないし、違う私たちが、「旅友」になったのです。同じものが好きというだけでつながれる。これって、ものすごく純粋なつながりですよね。

100%わかりあうのは無理だし、疲れます

とはいえ、「旅友」ですから、会うのは年に数回。それで満足なのが、大人になってからの友人関係のいいところです。今回の自粛生活では一回だけZoom飲みをしました。

若い頃は、自分と同じような人たちを探し、その友人のすべてを知りたいと思いがちです。100%知り合っているのが親友、それが友情だと考えるのは、確かに美しいことではあります。

しかし、BBAになると、他人を100%わかることなど不可能だということを知ります。なぜなら、同じ学校に通っていた頃とは違い、時間の使い方は人それぞれで、共通の時間を過ごすことは少なくなるからです。それは友人に限らず、恋人だって、家族だって、100%はムリ。もちろん、わかりあえなくても、相手をわかろうとする気持ちや情熱が大事だということもできますが、BBAにとっては、それも疲れるようになってきます。

自分を100%さらけ出すのも怖いしその必要もありませんよね？

だったら、全部を知り、共有するのではなく、お互い重なるところ、友人の10～20%を知って、共有できていれば十分だなあと思うようになりました。そのくらいの距離感がラクなのです。私が知らない部分や、私に見せない顔があっても、それでいい。

100%の友人を作ろうとするのではなく、10～20%を共有している友人が数人いれば、BBAは楽しく生きていけるのではないでしょうか。もしかしたらそれは、夫や恋人など、パートナーにもいえることかもしれません。

旅とライブはこの友だちと、食事はこの友だちと、仕事の愚痴はこの友人と、ショッピングはこの友人と……など、シチュエーションによって気の合う友人を見つけられるといいですよね。

とはいえ、30代、40代は、家庭や子育て、仕事などに忙しく、新しい友だちを見つけるのは難しいかもしれません。だから、いろいろなことが一段落してくる50代くらいから、自分が純粋に好きなことを始めたり、再開することをオススメします。その延長線上に、新しい、大人の友だちができることがあると思うのです。

私の「旅友」2人は働く主婦で、生活環境が違うからこそ、彼女たちに教えられることもあって新鮮です。私が旅先で、欲しいものをあれもこれも買おうとすると、「買いすぎでは？」とたしなめられる（笑）。彼女たちは決してケチではありません。ここぞ！というときにドンと使う、賢いお金の使い方をしている。自分の金銭感覚がいかに雑だったか。賢いお金の使い方、普通の金銭感覚を、彼女たちから学びました。アラ還になって訪れた新しい友人との出会いによって、それを知ることができました。

【おまけ】令和な還暦の迎え方
（「還暦お祝いつらかったこと」を思い切って書きます！）

新しい年号になり、梅雨の季節がきて、私はとうとう還暦を迎えてしまいました。みなさんの周りにも、職場やご親戚などで、還暦を迎える方がいらっしゃるかもしれません。そこで、いまの時代の還暦の祝い方を考えてみました。

ひとまわりくらい違う人生の先輩方からは「あら、60なんてまだまだ若いわよ」と言われましたが、やはり「還暦」って重い！　「赤いちゃんちゃんこ」こそ着ませんでしたが、普段は若い気持ちで生きている私でさえ、自分の歳を思い知らされました。

といっても、平均寿命がいまよりずっと短かった時代とは違います。いまや、還暦はまだまだ人生の半ばです。

同年齢の友だちとも「私たち、中身は幼いまま還暦を迎えちゃったわよね。アンバランス。まるで楳図（うめず）かずお先生の漫画の赤ちゃん老婆みたい。悪夢だわ」と。

そんな「ガラスの還暦世代」からお願い。「還暦お祝いつらかったこと」を思い切って書きます！　この際、私は嫌われてもいい。お花をくださったみなさま、お祝いしていただいたみなさま、申し訳ありません、みなさまの大きな愛は感じました。

でもこれが還暦ＢＢＡの正直な気持ちです。知り合いの還暦をお祝いされるときの参考にしていただけたら。

1 いつまでも続く赤いお花攻撃

最初の2～3回、お祝いの花束をいただいたとき「あれ、なんでみんな赤い花束なの？ダリアや牡丹は大好きだからまあよいけれど……」と、鈍いところのある私は気がつきませんでした。

その後もいただく花束は赤ばかり！　で、思い切って贈り主に尋ねて返ってきた答えは「還暦だから」。えっ還暦だから？　還暦だから赤……その後2週間くらい、私の家には赤い花が絶えず、最初は嬉しかったものの、赤い花を見るたびに「そうよ、あなたは還暦、60歳」と思い知らされるようで、往生際の悪い私はもう鬱寸前。赤い花を見るだけで拒否反応。

みなさまの愛はしっかり受け止めました。でも過ぎたるは拒否反応、アレルギーの始まりです。

そんななかで届いたグリーンと白の花のアレンジにホッとしました。還暦のお祝いには、ぜひ赤以外のお花も贈って差し上げてくださいね。

2 バースデーケーキのプレートに「60歳」

もうこれも、見ただけで落ち込みますよ、本当に。普段から恥じらいもなく実年齢を公表している私でさえ、参りました。

みなさま、子供じゃないんだから、もう40歳過ぎたらお誕生日ケーキのプレートにわざわざ年齢を入れるのはやめましょう。ムカつきます。もう十分自分の歳はわかっていますから(笑)。

お祝いしてくださったみなさまの愛を感じつつも……赤以外のお花にホッとしました。

嬉しいバースデープレート。

アートと、梅と、あんみつと

自分をリセットする場所を持つ

私とほぼ同じ年の東京タワー。ずっと見上げて育ったので、上から見下ろすとまた違って見えます。

自分の機嫌は自分でとりたいもの

梅雨の季節というのは、気分がふさいでしまうもの。遠出をする気分にもなかなかなれません。梅雨に限らず、天気の悪い日というのは、ＢＢＡはどうしても、心や身体の調子を崩しがちですよね。身体の大部分が水分でできているせいか、低気圧が身にこたえます。

この時季の気分転換に、私は美術館によく行きます。先日は、森美術館（東京・六本木ヒルズ）の「塩田千春展：魂がふるえる」に行ってきました（２０１９年６月）。

塩田千春さんはベルリン在住の現代美術家で元々は舞台美術を手がけていたそうです。

今回の展覧会は、大きなインスタレーションをはじめ、映像、写真、ドローイング、舞台美術など、塩田さんの25年にわたる活動を体感できる大規模なものでした。

　現代美術は難しいと思われがちですが、理解などしようとせずとにかく見てみる。要は「好きか嫌いか」「美しいと思うか、違和感を感じるか」それだけです。日常では感じられない感覚が心の刺激になります。気持ちが悪いと感じてもいいし、同じ作品を見ても感じ方は人それぞれ。また、見に行ったときの自分の気持ちにもよります。日頃のこんがらがった気持ちやモヤモヤをフラットにするくらいの感じで現代アートを鑑賞してみてはいかがでしょうか？

　今回見た塩田千春展でもいろいろな気持ちになりました。血管のように会場中に張り巡らされた赤い糸や、黒く焼け焦げたピアノなど、生きている世界と死んだ世界の間の曖昧なゆらぎのような感覚。ベルリンの子供たちへのインタビュー映像作品「魂について」も興味深いものでした。

　展覧会を見た後は、六本木ヒルズの展望台、東京シティビューへ。52階に上がると、目の前に、東京の街並みが広がります。私はここに来ると、自分をリセットできるんですね。嫌なことがあっても、怒っていても、悩みがあっても、ふっと心の靄が晴れます。かなり上から東京の街並みを俯瞰することで、自分の悩みなんてちっぽけだな、自分なんてちっぽけなんだという気持ちになるのかもしれません。それは一瞬のことで、実際に悩みが解決していわけではないですが、少しの間でも心を解放できたらいいですよね。

自分をリセットできる場所や方法を持っておくのは、私たち大人にとって、大事なことだと思います。友人に相談したり、家族に愚痴ることも、ときには必要。でも、自分で自分の機嫌をとることができたら、より自由になるし、ラクになる。私の場合は六本木ヒルズの展望台ですが、そういう、自分だけの場所を持つことをオススメします。何かあったらあそこへ行けばいいと思えるから、心強いんです。

美術館も展望台も好きな私は、年間パスポートを持っています。森美術館と展望台（東京シティビューと屋上スカイデッキ）が、6000円で、1年間行き放題。コロナの影響で休館していた時期もありましたが、数回行けば元がとれますから、私にはとってもありがたいパスポートです。混んでいるときも会員専用窓口から並ばずに入れますしね。

私はこれを、東京に住むアート好きの若い友だちへプレゼントとしてよく贈ります。アートや展望台で、気分転換してもらえたら、嬉しいですね。

そのほかにちょっと贅沢な気分転換として、赤坂のとらや（虎屋菓寮　赤坂店）もオススメです。仕事の合間、青山から赤坂近辺で小一時間あいたときなど、気分転換に最適で

赤坂のとらやであんみつをいただくと、久しぶりの晴れ間が出てきて、なんと贅沢なひととき。

す。2018年リニューアルオープンした気持ちのいい店内で、あんみつをいただき、幸せのひととき。確かにあんみつとは思えない、ランチ以上のお値段ですが、あの空間でいただくあんみつにはその価値はあると思います。もちろんその後の打ち合わせもすごく捗りました。

数十年前、まだ母が元気だった頃、毎年大晦日深夜に母と二人で、改装前のとらやの斜（はす）向かいにある豊川稲荷さんにお参りしました。参拝した後、甘いもの好きだった母は必ずとらやであんみつを食べていました。そんなことも思い出しながらまったりするのもよいものです。

「梅エキス」作りに励みます！……毎年同じようにできるとは限らないからこそ

毎年7月になると取り組むのが「梅仕事」です。実家では毎年母が梅酒を漬けていて、梅酒好きの父のために、台所の床下収納にはいくつもの大きなガラス瓶がありました。この時季になると梅を洗い、爪楊枝を使って、一つ一つ丁寧に水気を拭いた梅のヘタを取るのが幼い頃の私の仕事でした。実家を出てしばらく梅酒作りは中断しましたが、ここ何年かフェイスブックやインスタグラムを見るとみんな「梅仕事」を再開しているではありませんか！　それで私もハマったのが「梅エキス」作りです。

梅雨は、梅の実が熟す季節です。「梅雨」の語源は諸説あるようですが、その一つに、梅の原産地とされる中国で、「梅の実が熟すころに降る雨」ということからそう呼んでいたという説があるようです。そういうことを知ると、「梅仕事」をしたくなりませんか？

私の「梅エキス」の作り方はとっても簡単。梅を洗い、水気をよくふき取り、ヘタを取ります。それをジッパー付きバッグに入れて冷凍庫で一晩凍らせます。その後、殺菌したガラスの密閉保存瓶に、梅と、氷砂糖を交互に重ねていきます。水は一滴も入れません。あとはたまに上下をひっくりかえして待つだけ。1週間から10日で出来上がり！　その後、梅を取り出して透明な梅エキスにしてもよいのですが、一瓶はそのまま梅を入れっぱなしにして、琥珀色の古い梅酒のようなエキスにするのも私は好きです。

梅エキスを、私はソーダで割って楽しみます。かき氷やヨーグルトにかけていただいても美味しいですよね。

ただ、この梅エキス、毎年同じように上手くできるとは限りません。熟す前の固い青い梅を使うと美味しくできるようなのですが、今年は梅が届いたとき、原稿に追われていて、ちょっと熟しすぎてしまったのです。毎年同じようには行きません。だからこそ、毎年チャレンジしようと思うのかもしれませんね。

今年（2019年）は沖縄で購入した一升瓶の泡盛を使って梅酒もつけましたし、梅干し作りにも挑戦してみるつもりです。

梅雨の時季、「梅仕事」にハマっています。

これが今年の「梅エキス」。ちょっと梅が熟しすぎましたが……こんな年もあります（笑）。

大人文房具の楽しみ

手書き&文章が苦手でも、スタンプ&カードがあれば!

海外のデパートは文房具コーナーに立ち寄ると、お気に入りのものが必ず見つかります。

おしゃれ文房具熱再来、文房具売り場が気になります!

私は決して筆マメなほうではありませんが、仕事でお世話になった方やお友だちなどに、カードや葉書を送るのが好きです。メールやLINEの便利な時代になりましたが、手書きの温かさは、何にも代えがたいものがありますよね。

とはいえ、文字や文章はそんなに得意ではない、という方は少なくないと思います。実は私もその一人。原稿を書くのは得意(笑)なほうなのですが、こと手紙となると、かなりの苦手部門。もともと頭が取り散らかりがちな私は、長い手紙の文を書いているうちに、いるうちにどんどん混乱してしまうのです。「あっ、これ、前のほうに書けばよかった」とか、「読み返すとヘンな文脈」とか、書いて

原稿やメールはパソコンで何度も書き直したり推敲したりできるのに、手書きの手紙はほぼ一発勝負ですからね。下書きを書いたところで書き損じてしまう私……。

でもそんな私にも、今は救世主が！ おしゃれなカードや一筆箋です。バラエティ豊かなスタンプなどもたくさん出ています。そうした文房具を使うことで、苦手な部分をカバーしながら、相手にもお礼の気持ちが簡単に伝えられますし、自分自身の気持ちも上げることができるのです。

お誕生日カードやサンクスカード、私のような仕事の場合は請求書に添えるお礼の言葉などを、年に何回か、大切な人たちに送るのは、余裕のある大人の楽しみであり、嗜（たしな）みでもあるのではないかと思います。表参道のスパイラルビルの2階や青山のオン・サンデーズで大人おしゃれなカードをよく購入しています。

カードや葉書に、私はスタンプを押すのが好きで、「無印良品」で購入したノートや封筒、便箋などに押せる、無印良品店内のサービスを利用しています。店舗や時期によってスタンプの種類が変わるので、今日はどんなス

無印良品で購入したものに押せるスタンプサービス。スタンプひとつで印象が変わりますよね。

タンプがあるかなと楽しみにしていました（今はコロナの影響でこのサービスは休止しているようです。早く無印でスタンプが押しまくれる時代になってほしいです）。

切手を集める楽しみもあります。料金が改定された封筒用のミッフィー切手も早速ゲット！　見ているだけでかわいいし、早く使いたくもなります。もちろん旧料金の切手も、2円切手のウサギちゃんを足して使いきります。海外の知り合いやお友だちには、日本らしい切手を使うとすごく喜ばれます。すべてLINEやメールで済ませてしまう今だからこそこんなコミュニケーションもオススメします。ささやかな楽しみ、小さい楽しみを、BBAになると大事にしたくなるものです。

お仕事道具の楽しみ方　私好みにカスタマイズしすぎた結果……

いつもお仕事で使っている愛用のMacBookがあります。以前、インスタにも載せましたが、買ってからもう数年経つのに本当に働きもので、近年の原稿はほとんどこれで書いたり、校正したりしています。今、書いているこの文もそうです。

軽いし薄いので、ハンドバッグにもなんとか（無理やり？）入ります。ほとんど毎日使うものだけに、かなり私好みにカスタマイズしました。

表に貼ったリンゴマークを囲む曼荼羅（まんだら）シールはたまたまアマゾンで見つけて購入。何人かに「それ、どこで買ったの?」と聞かれた、自慢の曼荼羅です。それから裏のいろいろなシールは、ロックバンドの物販やライブハウスで買ったもの。裏だから、何を貼ってもいいかな? と貼り放題貼りましたが、実はこのロックでサイケすぎるMacBook のためにちょっと困ったことがありました。

夏に行ったロンドン旅行の帰り、ロンドン・ガトウィック空港の搭乗前の保安検査場で、私の手荷物のなかにこのMacBookを見つけた係員が不審に思い、20分以上かけて私の持ち物すべてを検査。ポーチのなかやお財布、ノートの間まで! まあ、60歳ほぼ金髪、一人旅の日本人女性がこんなロックすぎるMacBookを持っていたら不審に思いますよね? もし私が係員でも止めます(笑)。

もちろん何も不審なものは見つからず(空港で買ったタプナードの瓶だけ、持ち込み許容オーバーで没収されましたが。ああ、小さいほうの瓶にすればよかった!)、ひと安心。そんなお騒がせなヤツですが、これからもこの子で原稿を書き続けるつもりです。

本当に働きもの! 愛用のMacBookです。

裏側には、ロックバンドの物販やライブハウスで買ったシールを貼り放題貼って、こんな感じに。

まあ、物事すべて一長一短、良いことと悪いことはセットですね。

【おまけ】リピート決定新製品＆還暦の気怠い朝のサポーター

第2章で詳しく触れますが、グレイヘアへの模索をしていた私。2019年の秋はuka（ウカ）の発表会に行き、ヘアプロダクト新製品を試してきました！

私が試したのは、髪に潤いと質感（新しい感覚）を足せる「マルチデイリーセラム」と、ツヤとセミウエット感が足せる「ヘアワックスグロッシーニュアンス」の2製品。

これらのポイントは、素人が適当に手に取り、髪に伸ばすだけで、プロのヘアスタイリストが撮影のときに作るようなニュアンスヘアが作れること。香りも好きな感じです。今や、カラーを繰り返して傷んでしまった私の髪の朝の救世主になっています。自腹リピート決定ですね。

ほかに、以前手に入れたukaの「ボディオイル バランス」（なぜか私にやる気を起こさせてくれるオイル）と、「エッセンシャルミスト ハグ」（現実世界ではハグ不足の私へのヴァーチャルハグ）とともに、洗面台の鏡の後ろの棚において、気怠い（けだるい）還暦の朝のサポーターになってくれています。

ハロー令和2年！

自分とうまく付き合うために

新しい年、新しい思い

年が明け、令和2年になりました。天中殺・厄年とW不調だった去年、静かに年を越す予定でしたが、急遽友人に誘われ、昨年渋谷に新しくできた「渋谷スカイ（SHIBUYA SKY）」で新年を迎えることになりました。カウントダウンとともに空に伸びる光の演出、ハイテクな空中ラウンジでスパークリングワインで乾杯、と、何だかすごく21世紀！　渋谷スクランブル交差点のお祭り騒ぎを遠く眺めながら、気持ちを新たに新年の誓いを立てました。

ペリーコのショートブーツ2足をヘビロテ中です。

それは、
健康第一
心身ともに健やかに幸せに生きる
そして幸せを感じる
です。

簡単なことのようですが、還暦をすぎるとなかなか難しい。心身ともにガタがきます。体の変化に心がついていかず、また早すぎる時代の流れにも翻弄される。でも「昔はよかった」と嘆いていてもどうしようもありませんし、新しい時代、還暦越えという新しい自分とうまく付き合うためにも、心身ともに健康で幸せに生きたいとあらためて思いました。

ほぼスニーカー生活からのショートブーツ

年末は、パーティー以外、どんなスタイルでもほぼスニーカーで通してきた私ですが、そろそろカジュアルすぎるスタイルに飽きてきて、秋口に買ってしばしハマったショートブーツを履き始めました。

トレンド予測では、「ロングブーツ復活?」と言われていましたが、私の気持ちはなぜかショートブーツ。最初、今までのショートブーツコレクションを引っ張り出してみましたが、バランス、履き心地など、どこか違う。結局、今シーズン購入したPELLICO（ペリーコ）のショートブーツ2足を交互に履き続けています。

車を運転しない私は公共交通機関、地下鉄愛用者。毎日、1万歩以上は軽く歩くので、履きやすい靴は何よりも重要です。外反拇趾（がいはんぼし）のくせに、爪先が尖（とが）ったポインテッドシューズが大好きな私は、新しい靴を買ってそのまますぐには外を歩けません。

まず、シューストレッチスプレーを靴の親指付け根あたりに、表と裏から大量にかけて、靴調整用の木型を入れて伸ばします。さらに、ポイントで骨が当たるところをペンチのような器具でも伸ばす。伸ばした靴を室内で30分くらい履いてみて、OKなら外に履いて出ます。

よく、トークショーでも、外反拇趾で合う靴がないという相談を受けますが、オーダーでもない限り、ピタッと合うシンデレラ靴にはなかなか出会えません。歳をかさねると、若い頃と違い、足の形も変化するのでなおさらです。靴の痛い箇所が伸ばせる便利な道具はアマゾンや東急ハンズなどで手に入ります。

それから30年以上も前

靴のお手入れ道具たち。靴1足につきシューズキーパー 1ペアが基本です。

これがブーツジャック。脱がないほうの足で踏み押さえて固定し（左下）、脱ぎたいブーツのかかとをU字型の口に入れて、足を引き抜くと、簡単に脱げる優れものです。

にアメリカで買ったブーツジャック（boots jack）。本来はカウボーイブーツを立ったまま脱ぐための道具ですが、ショートブーツからエルメスのロングブーツまで、玄関先にコレさえあれば酔って足が浮腫んで帰って来ても安心です。

他に、レザークリームを使うなど、靴のお手入れ用品にはかなりこだわります。仕事が終わった夜、楽しそうに革の紐靴を磨いていた父の影響でしょうか？

新年のバッグはアニヤ・ハインドマーチ

展示会で見てから気になっていたAnya Hindmarch（アニヤ・ハインドマーチ）のハンドバッグがうちにやってきました。

小ぶりなクラシックハンドバッグながら、クロスボディに斜めがけできるストラップ付きで、パンツスタイルなどカジュアルなスタイルにもぴったり。大人カジュアルスタイルを格上げしてくれます。荷物が多いときはCINOH（チノ）のエコバッグと2個持ちで、当分ヘビロテ決定です。

アニヤ・ハインドマーチのハンドバッグ。私は、手にハンドクリームを塗るときに、ついでにバッグの角や、持ち手にも、手につけたハンドクリームをほんの少し塗ってお手入れしています。

台湾茶でほっと一息

カラフル小物で人生をオーガナイズ

お酒が好きな私ですが、コーヒーやお茶などノンアルコール飲料も大好きです（笑）。晴れた日の朝は、まずはお茶で一服する。今日も一日頑張ろう、という気持ちになれます。心を穏やかにする方法にはいろいろありますが、お茶もそのひとつではないでしょうか。決められたお作法もありますが、カジュアルに淹れてもＯＫ。静かに点てるお茶の時間には、心を落ち着かせる魔法があるようにも思います。

コーヒーや紅茶の他に、今ハマっているのは、台湾茶。

緑茶や紅茶にはない、独特の香りに癒やされます。台湾茶は香りを楽しむもの。発酵や焙煎の仕方でさまざまなお茶があり、蘭やクチナシなどの花の香りや、熟した果実の香り

台湾茶で温まっています。

などの甘い香りを楽しめます。

有名なのは、凍頂烏龍茶ですが、阿里山（ありさん）や梨山（りさん）などの高山茶も昔から人気です。淹れ方も簡単。コツはこれだけです。熱湯で淹れることと、淹れる前に必ず茶器を温めること。これさえ守れば、美味しいお茶を楽しめます。

以前、週に何日も撮影が続き、肉体的にも精神的にも厳しいスタイリスト仕事に追われていたときがありました。そんな忙しいときも一日一回はアシスタントと「お茶の時間」を作っていました。有能なアシスタントが分刻みの衣装借用時間の合間に必ず「お茶の時間」をスケジュールに入れておいてくれたのです。二人でお茶をいただくと、頭がクールダウンされ、その後の仕事の能率がものすごく良くなるからです。「お茶の時間」は「魔法の時間」なのかもしれませんね。

家でいただくお茶も、以前は、お茶の種類別に急須をそろえていたくらいハマった時期もありました。そのころは主にリーフティーでしたが、近ごろは、かなり高級なお茶でもティーバッグが出てきて、いっそう手軽に台湾茶を楽しめるようになりました。

良いお茶の見分け方ですが、リーフティーのときと同じで、お湯で戻したときの茶葉の膨らみ方を見ます。良い茶ほど、お湯を入れると大きく開きます。

台湾茶の新しいトレンドとして、阿里山金萱茶（きんせんちゃ）など爽やかで軽くて香り高いものや、焙煎した深い香りのものもあります。

たまにはお茶でほっと一息つきつつ。この本のタイトル通り、日々、いろいろと混乱していて、スタイリスト・ライターという職業柄、物も半端なく多い私にぴったりのアイテムを、Anya Hindmarch（アニヤ・ハインドマーチ）の展示会で発見しました！

Labelled（レーベルド）コレクションです。「レーベルド」というコレクションの名前の通り、ポーチには「safe deposit（貴重品入れ）」など、アニヤらしいウイットに富んだラベルが。カラフルな色も春らしい気持ちを上げてくれますよね。私は、鍵や、クレジットカード、イヤフォン、予備のマスクなど大事なものをまとめて入れています。

トラベル用オーガナイザーからはじまったこのシリーズ、旅だけではなく、日常の小物整理にも使い倒したいです。人生って短い旅の連続。っていうか、「人生は旅」ですものね！

アニヤ・ハインドマーチの展示会で見つけたレーベルドコレクションのポーチ。

第2章

おしゃれは永遠の楽しみ！

令和元年に還暦を迎えて

ファッションルールは自分で作る時代へ！

還暦パーティーでいただいた特注の「赤いライダース」。

これからBBAは何を着て、どう生きていくか？

令和の幕開けとともに私は還暦を迎えました。60歳！　まるで何かの魔法にでもかかったかのような悪夢。もうおばさんどころか初老のおばあさんです。

去年（2018年）、数え年での還暦パーティーを、渋谷にあった今はなき伝説のクラブ「TRUMP ROOM（トランプルーム）」で禍々（まがまが）しく行ったため、今年はひっそりとリアル還暦を過ごそうと考えていたところ、日頃お世話になっているプレスの方々やヘアメイク、とうにひとり立ちをして立派に活躍している元アシスタントたちが、年末に忘年会を兼ねて「やっぱりやります、還暦パーティー」を開いてくれました。

たくさんの方にお越しいただき、それだけでも感無量な私でしたが、似顔絵入りのケーキとともに贈られた赤いライダースを受け取り、それに袖を通したときには、いつもはスタートレックのMr.スポック並みに感情がない私も思わず泣きそうになりました。

還暦に着る赤いちゃんちゃんこの代わりに、Rawtus（ロゥタス）で特注製作された「赤いライダース」ですよ！

本当に還暦を迎えられてよかった！　しかも素晴らしい仲間たちに囲まれて。私は本当に幸せ者です。

後でフェイスブックに、パーティーに駆けつけてくれた売れっ子スタイリストの方が、「還暦60歳について今までの考えが変わった」と書き込んでくれました。

周りの同じ年代を見ていても、本当に、「60歳って何？人それぞれだよね」と強く感じます。私のような世間一般の常識からはみ出している60歳が出てきてもいいんじゃない？　令和、と。

似顔絵入りのケーキもいただいて、感激です。

還暦で人はもう一度人生をリセットし、赤ちゃんからやり直すと言います。私も、さすがに還暦を過ぎて体力、気力の衰えを感じ、いい加減、ライブハウス通いをやめようかと思っていましたが、この赤いライダースを着て、しばらくはこのまま混乱したBBAで生きていこうと思いました。

ルールは自分で決める、ですね。

[おまけ] M-1グランプリを見て

みなさん、令和元年のTV番組「M-1グランプリ2019」をご覧になりましたか？私は、決勝3組を決める最後のほうからしか見られなかったのですが、優勝したのは「ミルクボーイ」。確かにうまいし笑いもとる、いわゆる正統的な漫才。優勝するのも当然と思いました。が！　私が好きだったのは「ぺこぱ」。

新しい！　ロックで言えばニューウェーブ。切り返しにセンスを感じました。好みの問題もあると思いますが、ツイッターのライン上も、ロック仲間は多くが「ぺこぱ推し」でした。で、考えたのですが、ちょっとこれってファッションセンスって言うか、好みに似てはいないか？「ミルクボーイ」はルールを守った正統派のコンサバファッション、危険は冒さず大勢に受ける感じ。で、「ぺこぱ」はパンクやちょっとエッジーなファッション。

受け付けない人もいるかもしれないけれど、新しくて気になる。

今日本では「ミルクボーイ」的な娯楽やファッションがメインストリームなのかもしれない。ライブ仲間のしらたまさんがツイッターで鋭いことを書いていました。しらたまさんに御承諾をえて一部転載させていただきます。

「ひと昔前の日本は大衆に入っての保守でしたが、最近は個の思想が自由化してるのに、サブリミナルで保守的になってるって感じがします」

これって、今の日本をうまく言い表していませんか? 「ミルクボーイ」が好きなのも「ぺこぱ」に惹かれるのも自由です。自分が「新しい」と感じたり、「好き」と思ったら、周りに流されることなく自分のセンスを信じてくださいね。お笑いもファッションも!

追記:その後「ぺこぱ」は大ブレイク! 私の勘は正しかったのかも(笑)。

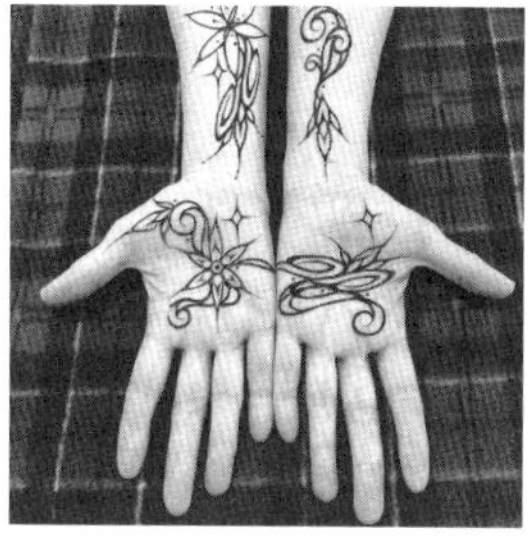
還暦パーティー用のヘナアート。

ファンデーションとコスメ

アップデートで「今のBBA顔」へ

ファンデーションの色を変えて、顔色が明るくなった私！　まだ、ファンデーションだけなのでかなり間抜け顔ですが……。

「今の顔」といっても、若い子の真似をした「若見え顔」のことではありません！　21世紀テクノロジーの恩恵を受けた「今の素敵なおばさま（BBA）の顔」です。減りそうでなかなか減らないアイシャドウや、顔の大きな面積を占めて、実は顔の印象にいちばん影響するファンデーションをアップデートして、「今の顔」を作りましょう。

ファンデーションの色、合っているのか？

使い慣れたファンデーションは安心、と誰でも思いますよね。でも、変わりゆく自分と時代を見つめることも大事だと、実感する出来事がありました。

ある朝、ファンデーションをつけようとして、はたと気づいたのです。私、ファンデーションの色がちょっと濃くないか？ と。「何？ この違和感？」昨日まで、何とも思わず、普通に使っていたファンデーションなのに。

あわててデパートの美容カウンターに行こうとした矢先、なんと、お気に入りコスメブランド「NARS（ナーズ）」から新製品発表会のお知らせが。偶然？ 何かの知らせ？ いつも、伊勢丹の美容カウンターで購入しているのがNARSのファンデーション。で、いそいそと出かけていった発表会の会場で美容部員の方に見てもらったら、私の肌は、2段階くらい明るい色のファンデーションが合うようになっていたのでした。

寒さに負けて、冬の間、ずっと引きこもっていた影響が、こんなところに出ていたのか？ それとも美白化粧品の効果？（笑）

同じシリーズのファンデーションなのに、色を明るくしただけで、顔の印象ががらっと変わりました。もちろん、良いほうに、明るいほうに。ついでに新しいリップグロスも手に入れて、すっかりフレッシュな気持ちになりました。

ファンデーションで大事なのは色味だけではありません、質感も大事です。色も合っているし、たまにしか使わないからといって大昔のファンデーションを使いつづけていると知らないうちに「昔の顔」になってしまいますよ。

大人の美容本を出してきた私が言うのも恥ずかしいのですが、ファンデーションのリニューアルは大事だなあと、あらためて思いましたね。

美容部員さんにしつこく聞きましょう！

何しろ顔の一番広い部分をカバーしてくれるファンデーション。色味だけでなく質感にも、新しい・古いがあります。

こればかりはつけてみないとわかりません。若い子たちに流行っていたパウダリーな「ドール肌」ですが、私がつけたら「博多人形」もとい「うすら白い土偶肌」……。この春（2019年）は、また「ツヤ肌」がきているらしく、トライしてみない手はありません。

1～2年に1回は、ファンデーションの色や質感を見直すといいと思います。肌は年齢のみならず、そのときの気分や、季節、体調や習慣によって、少しずつ変化していくもの。小さな変化に気づくことで、大きく顔の印象は変わる。BBAには大事なことですよね。無理して今の流行の服についていこうとするよりも、ファンデーションを今のものに変えるほうが、より「今っぽいBBA」になれます。

ファンデーションの色味を選んでくれた女性スタッフと、天才NARSメイクアップアーティストのSADAさん。私の顔に合うリップを選んでくださいました。

自分で気づくのは難しいかも、という方は、デパートの美容カウンターに行くのをオススメします。1年に1回か2回でいい。そこで、センスのいいイケている美容部員さんをつかまえて、相談しましょう。混んでいたら、待つかお茶するか食品売り場に寄ってからもう一度トライするくらいの気持ちで！　ちょっとした努力で、大きな見返りがあります。かけられる手間を惜しまないのが、ＢＢＡの知恵だと思うのです。

美容部員さんをつかまえたら、色味相談だけでなく、使い方も尋ねましょう。主にパウダリーファンデーションで育ったＢＢＡにとって、今のファンデーションは「未知の世界」。指で塗るのかブラシで塗るのか、一回の適量も人によって違います。

ファンデーションは一般に、ボトルタイプの場合、ワンプッシュが一回の適量と言われています。ですが、前出のNARSファンデーションだと、私の場合、ワンプッシュの量ではちょっと多い。ワンプッシュ出してしまったからと、貧乏性で全部つけると「厚塗りＢＢＡ顔」になってしまいます。

本当に、個人差があるので、遠慮なく、しつこいくらいに聞きましょう。時間を惜しまず、一度、実際に顔全体につけてもらうのもよいかもしれません。なぜなら今後半年から一年、あ

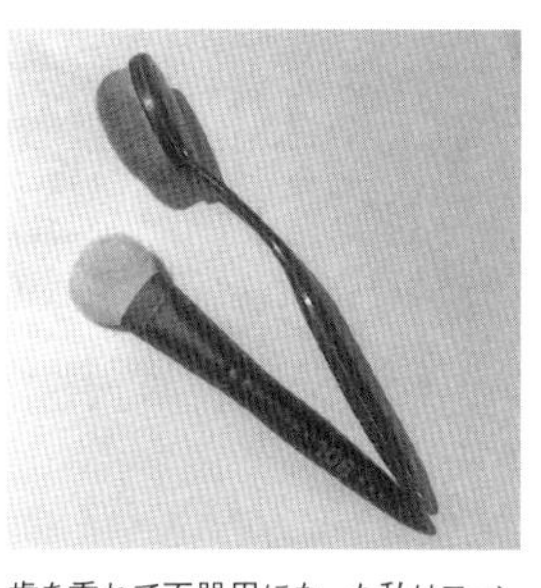

歳を重ねて不器用になった私はファンデーションブラシを愛用しています。左はメイクアップアーティストYUKIさんのブラシ。マメに洗って綺麗にしています。右は通販で買ったブラシ。使い倒してます。気分で使い分けて、鼻の脇など、細かな仕上げは指で。

なたの顔の印象を決定する大事な儀式なのですから。

テクいらずの、ひと塗りアイメイク

いろんなところで言っていますが、ＢＢＡになると、「黒」が似合わなくなってくる、というか難しくなってきますよね。紺色やネイビー、グレー、茶色といった色のほうが似合うようになってくる。

理由は、歳をとると顔がぼやけてくるから。よく言えば、やさしい顔になってくるから。そうすると黒は強すぎて、強めのメイクをちゃんとしないと顔に合わなくなってくるんですね。これを私は「顔の強さ問題」と呼んでいます。

悲しいけれど避けがたい「顔の強さ問題」ですが、それでも私は黒が好きで、黒を着ます。ただし、そのとき、必ずアイメイクをします。アイシャドウをつけてアイラインを引いて目のまわりをくっきりさせる。そうして、黒い服の強さに添うようにするんです。

ここまで読んで、アイメイクは苦手……と思った方がいらっしゃるかもしれません。が、大丈夫！　いま、テクいらずの凄いコスメがたくさん出ていますから。

お気に入りのアイテムをひとつご紹介しましょう。花王のAUBE（オーブ）の「ブラシひと塗りシャドウN」です。

使い方は本当に簡単。まず、クリーム状の下地を指でひと塗りします。次に、パッと明るくなった目元に、幅広ブラシで3色をサッと一度にひと塗りすれば、3色のグラデーションが一気に完成。その上に、濃い色の引き締めアイライン色をつけて、「強め大人顔」の出来上がり。「10秒シャドウ」というキャッチコピーが付いているんですが、大げさでなく、本当にひと塗り、10秒です。女優の石原さとみさんがCMをしていたコスメですね。

これはちょっと強すぎるという方には、同じく花王から、同シリーズのBBA版のようなコスメが出ています（「50代からのキレイを引き出す　ブライトアップアイズ」）。こちらは2色プラス引き締めアイライン色ですが、素晴らしいのは拡大鏡が付いていること！これはBBAにはとてもありがたい。

私は、〝さとみ版〟と〝BBA版〟、両方を使っています。いったい何個目ですか？　と自分で突っ込みたくなるくらい、使い続けている（笑）。

最初は仕事のときにいただいて使い始めましたが、その後は自腹で買い続けています。どちらもカラーバリエーションは数種類ありますが、〝BBA版〟は〝さとみ版〟より、全体的にちょっと柔らかい色合いなので、人と接近する普段のお仕事用。〝さ

これさえバッグに入っていればお化粧直し最強！　片目10秒で私の顔がなんとかなります。使い倒しまくりです。ありがとう花王さま（笑）。花王のAUBEの「ブラシひと塗りシャドウN」。

とみ版〟は、トークショーがあるときなど、遠くから見て映(は)える強めな顔にしたいとき。気分によって使い分けています。

アイラインは「引く」のではなく「つなぐ」アイラインとチークのコツ、教えます

昨年（2018年）、NY在住のメイクアップアーティスト、AYAKOさんとLINE電話で話していたのですが（BBAには、とても新時代的ですよね？）、大人の顔にこそ、アイラインが必要、と、意見が一致しました。

アイラインを引いたとたん、目がパアッと開きます！　顔が引き締まります！

これまでアイラインを引いたことがない方でも、今は使いやすいリキッドや、落ちにくいジェルのものなど、たくさん出ています。それに、不器用でちょっとくらいギザギザになっても大丈夫。ありがたいことに、少し下がってきた瞼がうまくカバーしてくれます。

コツは一度にすっと引こうとしないで、まつげの間を〝点〟で少しずつつなぐように埋めていくことです。慣れてきたら、ちょっと太めに描いてみましょう。瞼でかぶさった部分からちゃんと見えるように。ジェーン・フォンダなどハリウッドの今時の還暦越え女優はみんな驚くほど太くアイラインを描いています。今度チェックしてみてくださいね。

チークも大事。つけ方は、瞳の下頬骨からすっと下にぼかす。100メートルを全力疾走して赤らんだ頬が、ちょっとおさまったくらいの感じが今年風です。チークもファンデーションと同じく、実際につけたときの色の出方は本当に人それぞれ違うので、必ず自分の頬に載せてみてから買ってくださいね。

もし、これまでメイクをあまりしてこなかったとか、メイクにあまり自信がないという方でも、大丈夫! 今は「10秒シャドウ」のような凄腕コスメがありますし、さっとチークをつければ、疲れたBBA地味顔から卒業できるとお伝えしたい。この春こそ、メイクデビューのチャンスです。

私たちが思っている以上に、今の美容って進んでいるんです。21世紀に生きるBBAとしてぜひトライしてみてください!

フリーダ・カーロとストールのおしゃれ

選択肢の少なさを活かして

カジュアルに巻く大人春ストール

平成から令和へ。新しい元号に変わり、気分もまた一新。ＢＢＡだって少しずつ、新しい時代にふさわしい令人（つまり令和のＢＢＡ？）を目指したいものですね。

さて、春とはいえ、朝晩など、まだ少し肌寒い時間もあるのがこの季節です。そんなときに持っていると安心なのがストール。ＢＢＡに冷えは禁物です。もちろん寒さ対策だけでなく、着こなしとしても抜群のアイテムですよね。

そして、私、ストールといえば思い出すのがメキシコの画家フリーダ・カーロ。

春先、ドクロストールとともに大活躍している私物ストールたち。

今回はこの二つについてちょっと語ってみます。まず、ストールの巻き方実践編から。私のトークショーにいらしていただいたことがある方には耳にタコかもしれませんが、ストールを巻くコツとして私がよく言うのは、とにかくきれいに巻きすぎないこと。きちんとしない。むしろ、適当に巻くこと。

日本人は几帳面で真面目な上に、きちんと畳んだり折ったりする「折り紙文化」があるので、ストールも端をそろえてきちんと、となりがちです。が、顔がちょっとずつ優しく（崩れて？）きているBBAは、きちんとしすぎると、ちょっと（さらに？）老けて見えてしまうんですね。

ファッションとの相性もあります。CAの方のようなコンサバなファッションには、きちんと巻くのが合いますが、普段使いのカジュアルには、やっぱりストールも、くずしてカジュアルに巻くのが今っぽい。もう少し歳を重ねて立派な（？）おばあさまになれたら、またきちんと巻くのもいいかもしれませんが、BBA以上おばあさま未満の私たちは、もう少しの間カジュアルにストールを楽しみたいものです。

くずしてカジュアルに巻くコツ、実は、けっこう簡単です。

まず、用意するのは全身鏡。ストールをバイヤスに折ります（対角線に折るイメージ）。そうすればストールの生地、柄もバイヤスになり、優しいイメージに。たとえ虎の柄や、私の大好きな骸骨柄のストールを選んでも斜め模様となり、ソフトな印象に！

次に、顔の真下にくる部分を決めます。ボリュームや色柄を調整するのです。私は首が短いので、ストールをアゴからやや離します。あまり顔にくっつけると、まるで喉が痛いときにネギを巻いたような姿（かなり昭和的な表現ですね……）になってしまいます。首の後ろ側、背中から前にかけて斜めの線を作るのも、姿よく見せるポイントです。

あとは全体のバランスを見ながらクシュクシュさせること。そのとき、垂れているストールの左右の長さをちょっと変えると、おしゃれ度がアップします。そろえなくていい、というか、あえてそろえないほうが粋です。

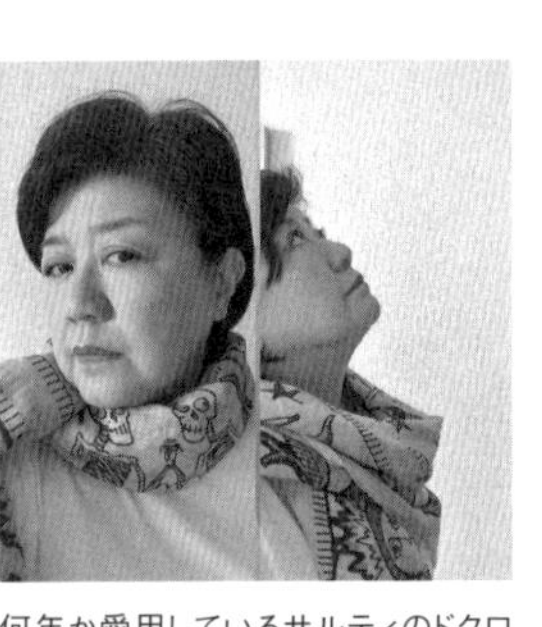
何年か愛用しているサルティのドクロストール。ちゃんと折って巻くと「首が短い私とドクロ」になってしまいますが（涙・写真左）、バイヤスに巻いて首の下を下げ、斜めラインを作るとかなりマシな感じに!!!

2000パターンの巻き方があった!?
ストール巻きの達人、フリーダ・カーロの壮絶人生

前項でも書きましたが、ストールというと私が思い出すのは、フリーダ・カーロ（Frida Kahlo）です。

いまなお世界中で人気を誇るメキシコの画家ですが、彼女の人生自体がひとつのアート。アーティストとしての才能にとどまらず、海外では、そのファッションも注目されていました。生前「VOGUE(ヴォーグ)」をはじめ、多くの雑誌で彼女のファッション特集が組まれましたし、死後も、コレクションランウェイで、フリーダから影響を受けたスタイルが何回も見られたくらいです。

フリーダの人生は壮絶でした。6歳で小児まひを患い、その影響で、右脚に後遺症が残り、引きずるように歩かざるをえませんでした。また、17歳のときに乗っていたバスが路面電車と衝突して、瀕死の重傷を負います。痛みを緩和するために医療用のコルセットをし、生涯、30回もの手術をくりかえしました。

でも、身体にそうした不自由を抱えていたにもかかわらず、彼女はおしゃれを楽しんでいたと思います。

フリーダが大好きな私は、2018年、イギリスのヴィクトリア&アルバート博物館(Victoria and Albert Museum、通称V&A)で開催された「フリーダ・カーロ展」(Frida Kahlo: Making Her Self Up)に行ってきました。V&Aといえば、芸術とデザインの殿堂です。いかに彼女が、画家としてだけでなく、ファッションアイコンとして世界に認められているか。これは行くしかないと、ロンドンへ。こういうときの私はフットワークが軽いんです(笑)。

さて、ロンドンに着いたものの、なんと前売り券はすべて売り切れ。朝から当日券を求めて並んだにもかかわらず、数十枚しか売り出されない当日券にもあぶれてしまいました。

でも、私は諦めない！

チケット売り場のスタッフに「フリーダ展を見に東京から来たのだけれど、チケットを手に入れるチャンスはないのかしら？」と尋ねたところ、なんと「美術館のメンバーになればいつでも見られるわよ」とのお答え！　メンバーになるために、一瞬ためらうほどの金額を払うことになりましたが、その場でメンバーになり、仮の会員証をゲット！　気がつけば他の窓口でも、フリーダ目当てのロンドンマダムたちが次々とメンバー登録をしていました。

V＆Aの常設展示は、任意の寄付を受け付けているものの、基本的に無料で見ることができます。私たちのようなある程度の金額を払えるBBAがメンバーになって、運営を支えているのかもしれないと思いました。

展覧会で見た、フリーダを模した数十体のマネキンに着せられた彼女の服の数々。その展示に圧倒されたことは言うまでもありません。立ち並ぶマネキンを見て、「どれも同じスタイルなのに、ものすごく豊かなバリエーション！」と言葉を失いました。何度も手術

100ポンドくらいして、ちょっとためらったV&Aメンバーシップカード。この美しい本カードは後日送られてきました。立体的な鳥の指輪（10ポンド！）はフリーダ展のミュージアムショップで。

をくりかえした彼女、そのため、彼女が着ることのできる服のスタイルはすごく限られていました。

写真や絵などをご覧になったことのある方はご存じだと思いますが、フリーダは、不自由な脚を隠すために、いつも長く広がったスカートをはいていました。上半身もコルセットを着用しなければならないため、服のほとんどが、ふわっとしたウエスト下丈のスモックブラウス。彼女のファッションは、この組み合わせのみの、ワンパターンにならざるをえなかったのです。

そんななかで、フリーダは、最大限にファッションを楽しみ、自分を表現しました。ルーツであるメキシコという国のアイデンティティを発信するために、民族衣装をまとい続けましたし、ストールやアクセサリーを使って、いくつもの表情を見せました。フリーダには、2000通りくらいのストールの巻き方があった、という伝説があるほどです。また、大ぶりなジュエリーの使い方も天才的でした。

フリーダが教えてくれる、本当におしゃれな人とは？

V&Aでフリーダの人生に圧倒されながら、選択肢が少ないことは必ずしも不幸なことばかりではないと思いました。フリーダと自分の人生を重ねるなんておこがましいですが、フリーダから学べることはあるはずです。

BBAになると、誰しも多少の違いはあれ、体がたるんだり、太ったりしますよね。または、痩せたりと体型が変わります。そしていつしか、着るものの選択肢は狭まります。若いうちはあらゆるおしゃれに挑戦できますが、それは、体力も気力も若さもあるからです。嘆いていても仕方ありません。それぞれ個人差がありますが、誰でも歳はとります。だから悲観してばかりいては時間がもったいない！

着られる服、似合うスタイルの選択肢が減った分、そのなかで充実させてみてはいかがでしょう？

私たちはもう、あれもこれも着なくていい。好きなスタイルだけを追求し、そればかりでもOK。そのスタイルのなかで、少し表情を変えられれば、なおいいですよね。

本当におしゃれな人のイメージって、一つのスタイルに集約されませんか？ 多くの人がイメージできる確立したスタイルがある人が、おしゃれな人。フリーダはそれを教えてくれます。

以前購入した本『Frida Kahlo: The Camera Seduced』。美しいフリーダ。ストールでいくつもの表情を見せました。

バッグも足元もライトに！

ちゃんとしなくても、立派な大人スタイル

手前が愛用しているDrawerのバッグ。奥が使いこみすぎてヘナヘナになったゴヤール。

たくさん入る、どんな服にも合う　トートバッグは最強

思えば、若い頃はあんなにブランドバッグを買い漁（あさ）っていたのに……、気がついたら最近、かごバッグと、トートバッグばかりを愛用している私。そういう年齢や時代になったんだなあと、我ながらしみじみします。何がいいって、たくさん入る。そして、意外と、どんな服にも合うんですね。

このDrawer（ドゥロワー）の展示会でいただいたトートバッグ、実は私の周りでも使っている人が多くて、撮影のときなど、同じバッグが3つ並んで混乱してしまうほど。他に

も布やGOYARD（ゴヤール）のトートなど、軽いバッグの愛好者が増えています。

そして最近は、まだ6月だというのに、もう夏が来たの？ と思うほど暑い日もありますね。そんな季節、そろそろ持ちたくなるのが、かごバッグです。かごバッグを持つと、それだけで、ちょっと涼しい気分になれるんです。

バッグの使い方も変わってきました。1～2週間、気がついたらほぼ毎日、同じバッグを持ち歩いています。バッグを替えようとすると、中身を入れ替えなくちゃいけなくて、ICカードとか、スマホとか、必ず、一つや二つ、何かを入れ忘れちゃう（笑）。BBAだから仕方ありませんね。でも、毎日同じものを使っていると、どんどん愛着が湧いてくるという良さもあります。バッグだけではなく、洋服や靴など、モノはある程度続けて持つことによって馴染んできて、やっと自分のものになるのだと思います。

もちろん、お金をかけたバッグを持ちたい日や場面もあります。そういうときのバッグ、私は予算20万円前後を目安にしています。一見高いけれど、長く使えば元がとれるから大丈夫。もう、量をたくさん必要としていないBBAだからこそ、凄く気に入ったものにはお金をかけられます。

軽くて小ぶりなかごバッグにすると、バッグの中身も厳選するようになりました。仕事で資料が増えたとき用に折りたたみエコバッグも忍ばせて。

バッグで思い出しましたが、最近疲れると、手首にガングリオンという小さなコブが出現するようになってきました……。見つけたときは、これも年齢のせいかとちょっと悲しくなりましたが、幸い痛いわけではないし、場所柄、生活に何か支障があるわけでもありません。

それで最近、私はコブを、ブレスレットで隠しています。この写真のブレスレット、実は、家でアクセサリーの整理をしていたときに出てきました。持っていたことをすっかり忘れていたので、タダで新しいものが手に入った気分！　または、自宅で宝物を発掘した感じ？（笑）ちょっと気分が上がったので、コブができたときの凹みが解消されました。

それに、トークショーでこのブレスレットを褒められたときに、「実は手首にガングリオンができてしまって、コブ隠しなんですよ」とカミングアウトすると、お客様から「あら、私もたまにできるから、皮膚科で、コブの中身を注射で吸い出してもらっているんですよ」と、有力な治療法の情報をいただきました。それから、周囲の同年代に聞きまくると（何しろ私は好奇心の強い性格）ガングリオンができたことのある人が何人かいることが判明。最初に発見したときはギョッ！　としてかなり焦りましたが、私だけではなかった。まあ長く生きているといろいろありますよ

ガングリオンという小さなコブを隠すために、こんなふうにブレスレットを。

ねって思いました。

足元を若くして、いまどきのＢＢＡに！

その昔、フィリピンのイメルダ大統領夫人が住んでいたマラカニアン宮殿が公開されたとき、物好きな私は、ダイビングのためにフィリピンに来ていたのも忘れて見に行きました。そこには数千を超えるブランド物の靴が、デパートの靴売り場をしのぐほどの勢いで並んでいました。これには国家財産を私物化して贅を尽くした夫人に多くの非難が集まりました。それはまったくその通りなのですが、私は正直言って、うらやましかった……。めくるめく美しいブランドの靴の数々、それは若かった私にとっては夢の光景でした。あるいは、ニューヨークを舞台にした人気ドラマ『セックス・アンド・ザ・シティ』で、靴好きの主人公・キャリーの豪華なシューズクローゼットを見て、心からうらやましいとも思った……そのくらい、靴が好きだったわけです。

しかし、還暦を迎えるＢＢＡに、高いヒールはもはやムリ。ムリして履いて歩いてもカッコよくないし、下手したらコケて足首を捻挫です。50歳を過ぎて、実際に私も友人たちも、一度や二度はヒールで転んで捻挫や骨折、松葉杖のお世話になった経験ありです。正直、私たち世代は、革靴やヒールは飽きるくらい履いてきましたしね。↑完全な負け惜しみですね、私（笑）。

そう思っていたら、ちょうど都合よく（？）スニーカーブームがやってきました！

BBAこそ積極的にスニーカーを履くことを私はオススメしています。街で見かける白髪の先輩たちも、足元がナイキやニューバランスのスニーカーだと、すごくカッコよく見える。足元を若くすると、いまどきのBBAになれるのです。

よく、「スニーカーをどんな服に合わせればいいかわからない」という質問を受けます。でも、今の時代、最新のスニーカーであれば、どんな服に合わせても大丈夫です。

ロングスカートやコンサバなワンピースにだって、ピッタリと合ってしまいます。最新型のスニーカーを履いているだけで、服が普通でも、トレンドを着こなしている人と認定されます。

スニーカーでも、ヒールパンプスと同じくらいのバランスに

昔履いていたニューバランスやアディダスだってすごく進化しています。一見すると昔のものと同じ形でも、今のものはインソール（中敷）やソール（靴底）がちょっと違って、履いてみるとその快適さに驚きます。またインソールが2センチほどと厚く、ソールと合わせると、4センチくらいのヒールパンプスを履いたときと同じくらいのバランスになる

ものもあります。私はスニーカーを選ぶとき、必ず靴のなかに指を入れて、インソールの厚さを確かめるようにしています。

スタンスミスは定番ものの白を2年に一回くらい買い直していますが、昨年はステラ・マッカートニーとのコラボものを買いました。パッと見は、定番ものとほとんど同じですが、サイドの三本線の小さなパンチングが星の形になっていたり、ベロ（紐の下の部分）の片方にはステラ・マッカートニーの顔のイラストがあしらわれていたりと、まあ自己満足おしゃれ心を満たすにはぴったりの一足です。これを履き倒したら、また定番ものを買おうと思っています。

ヒールからスニーカーに変わっても、靴を買うとテンションが上がる！　そこはまったく変わりません。ただ、昔だったら、気に入ったら色違いなどを2足も3足も買っていたのですが……、ひとまずピンときた1足にしました。そこは、BBAなりに進化しているのかなと、感じるところですね。

さらにもう一足、Y-3 Yohji Yamamoto（アディダスとヨウジヤマモトとのコラボレーション）の黒いスニーカーを。こちらもインソールとソールを合わせると4センチくらいでちょっとだけ脚長効果（?）。この夏はこの2足のスニーカーで最新型のBBAになれ

ステラ・マッカートニーとスタンスミスのコラボ。自己満足おしゃれ心をたっぷり満たしてくれる1足です。

そうです。

スニーカーは、履くときの気持ちも大事です。革靴がつらいから、ではなく、大好きだからスタンスミスを履く。そうやってウキウキしていると、履いてる自分も楽しくなるし、歩き方や姿勢もキレイになり、自然と「おしゃれなBBAオーラ」が出てきます。

そして、急に暖かくなってきた最近、サンダル気分もやってきました！　スニーカーもいいけれど、ちょっと違ったおしゃれを楽しみたいときもありますものね。この歳にもなってサンダルを履ける幸せ！

今年新しく仲間入りしたのは、Teva（テバ）の公式サイトで買った白の厚底がついた黒のサンダル（7800円）と、ZARA（ザラ）で買った5990円の爬虫類調の先の尖ったペタンコミュールです。次ページ写真左のTevaに合わせた黒パンツは、シルバーのスナップボタンによってワイドパンツにもサルエル風にもなります。大好きなブランドCINOH（チノ）のもので、éclat（エクラ）プレミアム通販で買いました。3万6000円も投資したので、この夏ボロボロになるまで、履き倒す予定です。右のZARAに合わせたパンツもエクラプレミアム通販で購入。デザインに特徴のあるこの黒パンツも、週1～2回のペースでヘビロテ中です。

私たちの母の世代、〝アラ還〟といえば「ちゃんとした格好でなければ人前に出ては失礼」という考えがありました。でも今は新しい時代「令和」です。ヒールパンプスや革のハンドバッグでなくとも「立派な大人スタイル」は確立できます。ヒールを履かなくても、ホテルのレストランディナーに行けますから。素敵な時代にＢＢＡになれて幸せですよね。

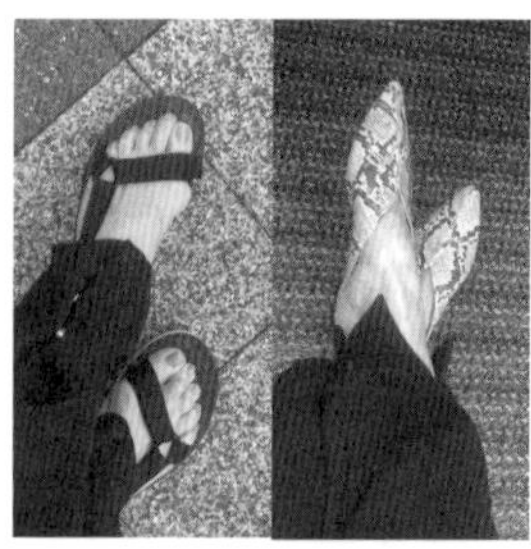

黒のサンダルと、爬虫類調のペタンコミュール。かわいくてラクで、この夏、大活躍してくれそうです。

グレイヘアへの道は一日にしてならず

ヘアケアが命！　減る手間と増える手間を検証

グレイヘアにチャレンジした理由

染めるのが面倒？　自分らしくナチュラルに在りたい？　いろいろな理由でグレイヘアが気になりだしました。男の人のグレイヘア、ごま塩頭はカッコいいのに、なぜ女性はうまくグレイヘアに移行できないのか……。もちろん髪の長さの問題もありますが。

人にもよりますが、50歳を過ぎたあたりから白髪が多くなってきて、還暦を過ぎると、顔まわりにどっと白髪が増えてきます。毎月毎月、黒く染めつづけるのはかなり大変。

私たちの祖母の時代は60歳を過ぎたら白い頭（ときには紫の頭）が当たり前だったのに、

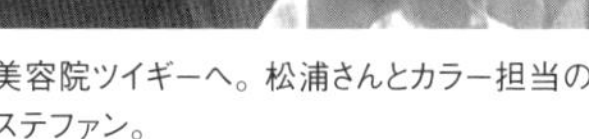

美容院ツイギーへ。松浦さんとカラー担当のステファン。

母親の時代くらいから、女性はいくつになっても黒く染めるようになりましたよね。棺桶に入る頃まで。実年齢より少しでも若く見られたい！　という願望もあるのでしょうが、それ以上に、「世間が女性に老いを許さない」時代の空気が、知らず知らずのうちに私たちを圧迫してはいませんか？　このまま「同級生はみな黒いから、私も黒く」と、同調圧力で最後の日まで黒く（または茶色に）髪を染め続けるのか、私たち。

そんななか始まった「グレイヘアの流行」。女性の髪に対する考え方の変化は歓迎すべきものだと思います。

では、実際にグレイヘアにしたとき、どんな変化が起きるのか。自分自身はどう感じるのか。似合う服はどう変わるの？　これはやってみなければわかりません。

というわけで、実は私、数ヶ月前からグレイヘアへのチャレンジを始めていました。雑誌のグレイヘア特集でチャレンジしている方々の経過写真を見ると、伸びてきた部分が白黒ハッキリ縞みたいになっているけれど、それをターバンや帽子で隠して1年以上我慢しているケースも。でも、もしかしたら男子並みに、もっとナチュラル風味にグレイヘアを伸ばせるのでは？

今回はその現状をお伝えします。もちろん気が変わりやすいことで有名な私、グレイヘアが完成した途端、真っ黒にするかもしれませんが（笑）。

グレイヘアへの第一歩……国籍不明のBBAに

まず、グレイヘアにしてみようかなぁと何となく思い始めたのは2019年の4月でした。行きつけの美容室ツイギー(TWIGGY)に行ったとき、カットを担当してくれる松浦美穂さんとヘアカラーリストのステファンに相談したのです。松浦さんとはすぐに意気投合して「夏には何とかなるよね!」と盛り上がったものの、ステファンは「そんなに早くは完成しない。まあ、年内?」とちょっと苦い顔。とりあえず、白髪部分は白髪染めでしっかり染めるのではなく、シャンプーを1ヶ月くらいしていくうちに色が抜けたらカラーリングすることになりました。

思ったより速く伸びる私の白髪、家庭でできる白髪染めに何度も手を出しそうに!(笑)でも、思いとどまって、黒い髪と白髪のコントラストを弱めるために、カラーリングできるトリートメントクリームをアマゾンで購入。これはシャンプー後、15分くらい置いて洗い流すだけで、3~4日はいい感じに染まってます。

しばらく間が空いて、6月にツイギーに行ったとき、ステファンと松浦さんが「黒い部分にハイライトを入れてみては?」と提案。一瞬「また、金髪に?」と怯えたものの、ハイライトの上からニュアンスカラーを重ねたため、シックな色合いに。

ニュアンスカラーが抜けて、ナゾの亜麻色の髪の乙女ならぬ、国籍不明のBBA。先にも書きましたが、この髪色と、MacBookにヒッピーなステッカーを貼りまくったせいで、夏のイギリス旅行のときは、税関でセキュリティのマダムに止められ30分近く荷物全部チェック！ もちろん問題はなかったので無事に通過。そりゃ、私がセキュリティでも、こんな不思議な還暦日本人BBAは止めちゃいますよね（笑）。

グレイヘアが似合う人、似合わない人、というか、向いている人、向いていない人！

草笛光子さんや島田順子さん、近藤サトさんなど、素敵なグレイヘアの人が増えています。雑誌やテレビなどで、グレイヘアの人はカッコいい、時代はグレイヘアだ、というふうにいわれ方が広がると、「自分もグレイヘアにしたほうがいいのではないか」とか、「グレイヘアにしないといけないのではないか」と思ってしまう人もいるかもしれません。また、染めるのが面倒だからと、手抜き目的でグレイヘアを目指す人も。でも、ちょっと待って。

いまは多様性の時代。グレイヘアもいいけれど、すべての人にグレイヘアが似合うわけではありません。私自身の経験を踏まえて、グレイヘアが向いている人、向いていない人、また、グレイヘアにするときに気をつけるといいこと、グレイヘアにすると起きる事柄をお伝えしたいと思います。

私がグレイヘアにトライしてわかったのは、確実に年相応に見られるということ。その結果、地下鉄でよく席を譲られるようになりました。このことは、また後で詳しく触れますね。

それからノーメイクだとキツイ！　せめて眉をちゃんと描かないと顔がボヤける！　でも、いままでのアイブロウペンシルだと色が濃くなり過ぎるから、明るい色に買い替えました。

さらに、黒やダークな茶色にしていたときに似合っていた服や色がしっくりこなくなる。逆に明るい色が似合うようになり、ますます国籍不明なＢＢＡに（笑）。

最後にグレイヘアはヘアケアが命！　パサパサではなんだか悲しい感じに。カラーリングの手間が減ったぶん、ヘアクリームやオイルでお手入れをしっかりしたいですね。ヘアオイルやクリームは少量を手のひらに取り、両手で伸ばしてから髪の表面に伸ばすと上手くいきます。つけ過ぎは禁物。ベタっとしてボリュームダウン、下手をすると不潔な印象になりかねません。あくまで少量を。

先日ツイギーに行ってきました。グレイヘアはいま？

半年ほどしてから、再びツイギーに行ってきました。私の場合、ステファンのカラーはいつもセッション、その場のひらめき。今回、私のリクエストは「白髪を活かしてね」だけ。

その結果、こうなりました。

白髪には軽くカラーをのせただけ。ハイライトはプラスしないで、不思議なカラーになりました。

［おまけ］神田〜神保町で仕事の前にヒット祈願&美味ランチ

新しい本が出ると、出版の御礼とヒット祈願に必ず訪れる神田明神。この夏に上梓(じょうし)した『買う幸福　おしゃれ人生見直し！ 捨てるためにひとつ買う』（小学館）のために、行ってきました。いつ訪れても心が落ち着く場所です。

それから神保町での仕事の前に、新しくオープンした「バンゲラズ キッチン」でランチをいただきました。銀座一丁目にある人気の南インド・マンガロール料理専門店が、神保町のテラススクエア1Fにオープンしたのです。美味しいカレーでエネルギーをチャージして、いざ、編集部へと向かいました。

ヘアカラーリストのステファンとカット担当の松浦さん。二人のセッションで私のグレイヘアが出来上がっていきます。

髪はBBAの命です

黒歴史を通り抜けて、新しい自分に出会う

グリーン頭の写真はNHK出演前です。

今は、ラクに髪の色を変えられる時代です

グレイヘアにチャレンジ中の私。状況は一進一退で、今はまた少し黒くして、伸ばしたりしています。

とはいえ、あまりに真っ黒な髪の色は今の私の顔には不自然なことに気づき、いわゆる白髪染めではなく、1ヶ月くらいシャンプーをしていると落ちてしまうくらいの軽いヘアカラーにしてみました。グレイヘアとちょっとダークヘアを行ったり来たり！

昔、やんちゃな人がオキシドールで髪の色を変える、そんな時代がありました。でも、

令和の時代は、美容院でもうすこしラクに髪の色を変え、そして、あきたらすぐに元に戻せる便利な時代です。

同年代の編集者と話していたとき、彼女も「顔や身長、体重はなかなか簡単に変えられないけれど、ヘアスタイルなら手軽にチェンジできる。ガラッと違う自分を発見できるありがたい手段」と言っていました。だからこそ、いろんなチャレンジ、いろんな試行錯誤を経ながら、自分らしい髪の色、髪型を見つけていきたいと思っています。

それで、なぜ少し黒く戻したかと言いますと、少し前に、かなりグレイの部分が多くなってきたんですね。すると、電車に乗るたびに席を譲られるようになりました。最初はなぜ？　と理由がわからなかったのですが、あるとき、髪のせいだと気づいたんです。心遣いはたいへんありがたいのですが、自分の気持ちまで老け込みそうで……。それで、少し黒く戻したのです。髪の色によって周りの対応が変わる。これはちょっとした発見でした。

しかし！　冒頭に書いたように、あまりに黒い髪は今の私には不自然というか「若作りをしようとして、うまくいかなかった人」になりそうに。あー思いっきり白髪染めで真っ黒にしなくてよかった（笑）。

染めてから2週間たった今は、だんだんいい感じにダークな部分が明るくなってきました。もうひとつ気がついたのですが、還暦を迎えた後、自分が思っていたよりも白髪が増えてきた！　私は美容院のスタッフに不思議がられるほど髪が伸びるのが早い体質なので、もし白髪染めで真っ黒に染めていたら、ものの2週間も経たないうちに、根本に白い5ミリほどの白髪のラインがくっきりと現れていたことでしょう。

髪の色を変えると、もちろん自分の気分も変わります。鏡を見るたびに、新しい自分に出会えます。自分自身が見慣れなくて、ぎょっとしたこともありましたが（笑）、似合う服さえ変わってしまう衝撃の事実も！ それもまた、新しい自分との出会いではないでしょうか。

髪全体の色を変えなくても、ハイライトを入れるだけでも、ずいぶん印象が変わります。子育てが一段落し、気分転換にと、青色のハイライトを入れた友人がいました。そうやって、自分の環境や状況によって変えるのもいいですよね。

最近、こんな動画を見ました。生まれてから一度もヘアカラーをしたことがないチャイニーズ・アメリカンの27歳の女性が、金髪に変えるのです。彼女はどう変わり、どう変わらなかったのか。ぜひ、見ていただきたいのですが、とにかく、金髪になった彼女はとてもキュートです！

https://www.youtube.com/watch?v=W55UPO4tcEg
（「27年間黒髪の女性が、プラチナブロンドに挑戦。VOGUE JAPAN」より）

失敗なくして、成功なし——初公開！地毛で日本髪を結ったこともありました

振り返れば、私はこれまでの人生で本当にいろんな髪型、髪の色にトライしてきました。そのなかには、失敗もあります……。若いときはとんでもなく髪の量が多かったから、ワッフルパーマを髪全体にかけて、髪が大爆発でもしたみたいに巨大化したこともありました。でも、そんな黒歴史もいまとなってはいい思い出ですし、失敗したからこそ満足したこと、そして、学んだことがたくさんあります。やはり、失敗なくして成功なし！　BBAになったこれからも、トライ&エラーを重ねたいと思っています。

本邦初公開！（笑）母の希望で、成人式は地毛で日本髪を結いました（上）。80年代、パリで撮った写真。パリのモッズ・ヘアでカットしてもらい得意顔（中）と、弟の結婚式のパーティでバリバリ80'sな私（下）。若かりし頃から老けていた！（笑）

冬のおしゃれ

BBAが狙うべきはトラッドの香りです

トラッドベースに、大人仕様のアレンジを加えて

ロック好きでいつも革のライダースばかり着ているようなイメージの私ですが、実はファッションのベースはトラッド。コンサバなファッションの母（中身はウルトラリベラルでしたが）の着せ替え人形だった小学校低学年までの私はフリルのついた可愛い靴下さえ許されず、ネイビーのハイソックスか白の三つ折りソックスしか履かずに育ちました。そんな経験もあって、10歳くらいから、ミニスカートやヒッピースタイルに惹かれてコンサバ道から足を踏み外したわけですが、幼い頃に叩き込まれたコンサバトラッドセンスの

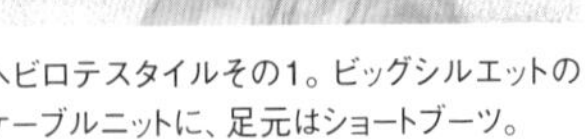

ヘビロテスタイルその1。ビッグシルエットのケーブルニットに、足元はショートブーツ。

ためにベースはあくまでトラッドなわけです。

さて、今回は冬のおしゃれについて書きたいと思います。

その前に、2020年春夏の展示会の模様を少し振り返ってみましょう。というのは、BBAが狙うべきヒントがたくさん詰まっていたから！　トラッドをベースにしたもの、トラッドの香りのするものをモダンにアレンジ、他にも都会で着たい、行き過ぎないエスニックテイスト。そんなスタイルが、BBAが着るべきものだと再認識しました。

HYKE（ハイク）は、寺田倉庫（天王洲アイル）でショーを行いました。ストライプのスーパーロングなシャツワンピースの裾にチュールを覗かせて、ウエストも同じ素材のシャツを巻きつけたようなデザインのウエストマークが、スタイルを良く見せてくれそうな予感。もう、これ絶対に欲しいです。2020年のシャツワンピースは只者ではありませんね！

Theory luxe（セオリーリュクス）の展示会で気になったのは、綺麗なサックスブルーのトレンチコートに、グレーのトップスと淡いグリーンのパンツを合わせるなど、同じ淡いトーンで完成されたスタイル。一見ベーシックなトラッドアイテムのセットに見えますが、襟が大きくボタンのないデザインで、春先にばさっと羽織りたい一味違う

HYKE（ハイク）の只者ではないシャツワンピース。絶対欲しい！

大人仕様のコートです。この春アップデートする価値はあるかもしれません。

TOMORROWLAND（トゥモローランド）の展示会でも、シンプルなトラッドをベースにモダンなアレンジ。白いシャツジャケットに、同じ素材の細身パンツをコーディネイトして、一味違う着こなしに。

同じくTOMORROWLANDの展示会で、麻のカフタンドレスと軽いネックレス。休日にはこんなスタイルでヨガに行ったりと、リラックスしたいですね。

最近のヘビロテスタイルを紹介します
冬のポイントもやっぱりトラッド！

さて、今私がほぼ週1〜2回ヘビロテしているスタイルですが、やはりトラッドアイテムの新解釈がテーマなのかもしれません。シンプルなアイテムだけれども、ちょっとオーバーサイズとか、丈が長いとか。全体的に完璧なバランスを目指すのではなく、少しバランスを崩したほうが今の気分になれますよ。

今まで「太って見えるかも？」と手を出していなかったビッグシルエットのケーブルニットも、INSCRIRE（アンスクリア）でネイビーを購入（86ページの写真）。すごく前に買ったRick Owens（リック・オウエンス）の柔らかい素材のグリーンロングスカートや、ブラックのスリムパンツ（ヘビロテスタイルその2のユニクロです）に合わせると、身長158センチの私でもいけました（笑）。ブーツはPELLICO（ペリーコ）のショートブーツ。厚手タイツをはいて防寒も完璧です。

もう一つのヘビロテアイテムは、この秋ブランドデビューしたCOG THE BIGSMOKE（コグ ザ ビッグスモーク）のウールジャージスエット。ユニクロの黒のレギパン（レギンスパンツ）と、先の尖った PELLICOのペタンコブーティ、最後にアクセントでユニクロとイネスのコラボカシミヤストール（5000円くらい）を巻いて。この冬のユニクロのレギパンは裏起毛でかなり暖かいです。これのアップデートをオススメします。ユニクロのレギパンやヒートテックデニムは毎年進化するので、今年もチェックは欠かせないですね。

【おまけ】渋谷パルコがリニューアル 元渋カル少女には狂喜のラインナップ！

リニューアルした渋谷パルコに行ってきました。

1階のフロアには、〝日本〟をテーマにしたインテリアが目を惹くGUCCI（グッチ）をはじめ、LOEWE（ロエベ）など、今気になるラグジュアリーなブランドが気分を上げてくれます。上の階には大好きなCINOH（チノ）のショップなど、ドメスティックブランドも充実。

今回のリニューアルでは、服だけではなく、文化や食にも力が入っています。あの伝説のWAVEやunion record（disk union）など、元渋カル少女（渋谷カルチャー系女子）だったみなさまには狂喜のラインナップ！　オープン記念のカルト漫画『AKIRA』の展示は前売り券がなかなか買えないほどの人気だったそう。

B1の迷路のような、どこか横丁のような飲食街も要チェック。ヴィーガン向けのラーメン屋さんや居酒屋まであります。新しい波をキャッチしたい方は是非！

新生パルコのクールな外観。改装前のパルコの看板は店内に展示。

一夜限りで出現したGUCCIのカルーセル。

冬のライダースとストール

寒・暖〝ミルフィーユ〟のおしゃれ技

冬がやってきた！

年末は何かと忙しい時期。年末のお掃除のほかに、もう一つ頭を悩ませるのが冬の装い問題です。近年では、天候も予測がつきません。11月に入っても暖かく、油断していると秋を通り越して一気に真冬並みの気温になることも。狐にでもばかされたかのように、気がついたら寒い12月になっていたりします。

「何これ？　2月くらい寒い」と、寒さに弱くなった還暦の私は、慌ててユニクロで長めのダウンコートを購入しました。がっ！　この原稿を書いている今はまた少し暖かくなり、

久々にライダースジャケットで出かけました。

毎日いったい何を着ればよいか、悩む日々です。

そんな寒かったり暖かかったりと私の頭のなかのように混乱した気候のこの頃ですが、ワクワクするイベントや人に会う機会も多い年末年始のファッションについて、今回は書いてみたいと思います。

ユニクロのヘビロテコート

買ってしまいました、ユニクロの「ハイブリッドダウンコクーンコート」。

2019年の秋冬展示会で見たときから気になっていたのですが、ダウンの弱点である着膨れを抑えるために、ダウンは身頃と背中の部分のみにして、袖部分には暖かいハイテク素材を使用。なんと、セールで7990円になっていたので店頭で試着してみました。

コクーンコートと言うだけあって、流行りのビッグシルエットです。でも身体がbigなBBA、これ以上ビッグになりたくないのでワンサイズ下のMサイズを着てみたら、前も楽々締まるしなんだかいい感じ。

ちょっとカジュアルすぎると思っていたフード（北海道旅行には必要ですが）も簡単に取り外し可能で、大人仕様のノーカラーコートに！　早速購入して週2くらいでヘビロテしています。だいたい2~3年くらいで着倒して買い換えるユニクロのダウンコートですが、ユニクロは着なくなったダウンコートを回収して再生、再生ダウンを使用した新しいダウンコートの販売を開始しました。これなら罪の意識なく新しいダウンコートが欲しくなるかもしれません。これが、サスティナブルファッションですね。

「清水買い」で今年新調したFaliero Sarti（ファリエロ・サルティ）のストールを合わせて。無地のストールを一通り揃えている私は、今回、冬の景色をプリントしたものを選びました。2020春夏のサルティ展示会でも多数見かけましたが、写真や絵画をプリントした大判ストールが今のトレンドです。無地のコートやジャケットが多いので、重い色の分量が多くなる冬の装いのいいアクセントになりますね。

ライダース×ストールの巻き方

まさかの真冬と小春日和、二つの気候が日々〝ミルフィーユ〟の層のように繰り返される最近の冬。気候も混乱しているのかもしれません。

ハイブリッドなユニクロのダウンに包まれ、ヌクヌクと幸せな日々を過ごしていた先週ですが、何と今日は暖かい！　明日も？

ユニクロのハイネックカシミヤセーターに、千葉そごうのトークショーのときに買ったワイドパンツ、サルティのストールを合わせれば大人スタイルの出来上がり!

で、久々にライダースジャケットの登場です。夏も秋も暑すぎだったから、久々にライダースに袖を通しました。それだけでは首回りが寒いのでストールをグルグルと巻きました。

先に、春の大人ストールについて書きましたが（「フリーダ・カーロとストールのおしゃれ」）、冬もやっぱり私たちが手放せないのがストールです。巻き方一つで、印象が変わる優れもの。今私がハマっている簡単な巻き方をステップ順写真で説明しますね。

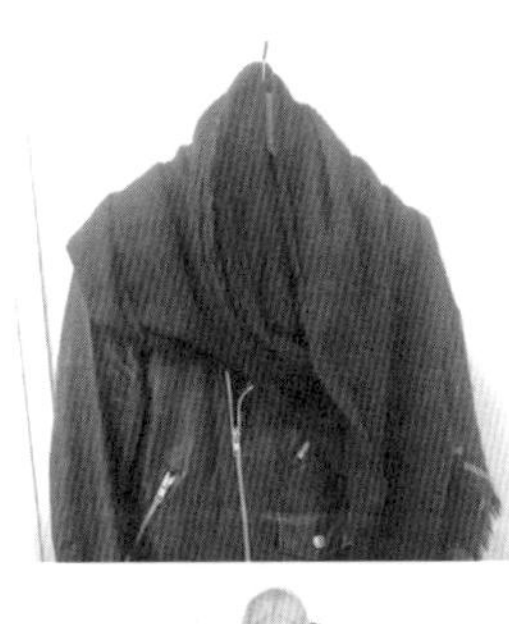

ストールをかけて（上）→つまんでいる部分と、向かって右端を結ぶと（中）→こうなります（下）。

［おまけ］自分へのプレゼント

自分へのご褒美。

サンタさんは私自身です（笑）。

年末、土日で4会場、各1時間半のキャラバンと言われているトークショーでヘロヘロに疲れた私にヘアメイクの山本浩未さんが勧めてくれたのがコレ！ Dr.Ci:Labo（ドクターシーラボ）から発売された「リフトアップマッサージャー」です。「頭だけじゃなくて首までほぐしてくれるのよ」という浩未さんにお借りして試してみたところ、凄い！ 3Dで揉みほぐされて頭スッキリ！ 何だか顔も上がった感じ？

本来の使い方ではないのかもしれませんが、私は、疲れた腕や足までマッサージするのにも使っています。防水使用だからお風呂場でも使えるし、シリコンのヘッドも取り外しできて洗えます。何かとお疲れの年末にオススメです。

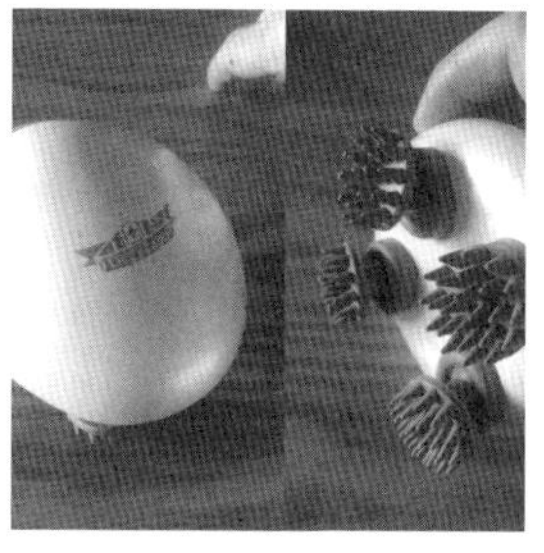

手のひらサイズで持ちやすい上に、ヘッドスパに3～4回行くくらいのお値段。私は足や太もものマッサージにも使っちゃってます（笑）。

服のお手入れ「三種の神器」

お財布にも、地球にも優しいお手入れ

今こそ冬服お手入れ

暦の上ではもう春、けれどもまだまだ寒い日がある2月から3月、さんざん着てきた冬物のセーターやコートも、そろそろ薄汚れてくたびれた感じがしていませんか？　クリーニングに出したいけれど、まだ寒い日がやってきそうだし、かといってそのまま着てしまうと着ている私までさらに枯れた印象に……。そうでなくても疲れが抜けにくいお年頃の私たち、せめて、着るものぐらいはシャキッと清潔にしたいものですよね。

そこで、登場するのが「服のお手入れ三種の神器」。好きな服を長く着倒したい私にとっ

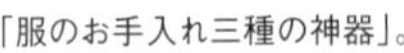

「服のお手入れ三種の神器」。

て、服のお手入れは大事です。毎日少しの手間をかけるだけで、クリーニングに出す回数も減り、お財布にも、地球にも優しい。良いものも、カジュアルなものも、長く着ることができるのです。というわけで、今回は服のお手入れについて書きたいと思います。

とりあえず、この3つさえあればＯＫ

帰宅したら、まず、服をハンガーに掛けます。コートはもちろん、ニットも、スカートやパンツなどボトムスも。当たり前のことのようですが、これがかなり大事。ハンガーに掛けながら、汚れやシワをチェックします。

1 洋服ブラシ

まず取り出すのは洋服ブラシです。コートやジャケットは肩や襟のあたりを念入りに、上から下に向かって、繊維に沿って、ホコリを追い出す気持ちでさっさとかけます。肩のあたりは横方向にも丁寧にかけます。パンツも同様に、ポケットのあたりや膝のあたりを丁寧に、スカートも全体的にホコリを払い落とす感じで上から下に。

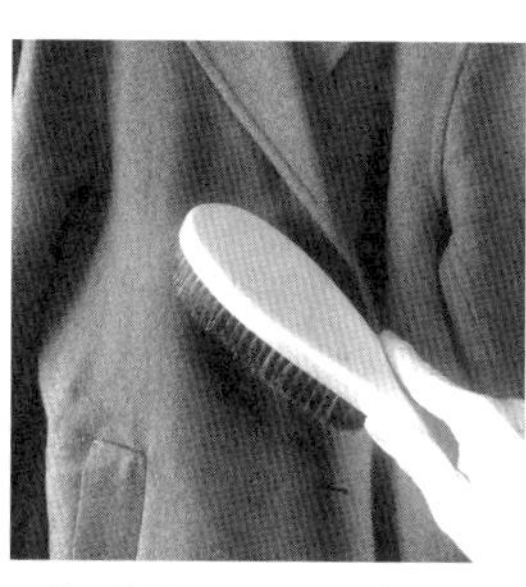
三種の神器その一、洋服ブラシ。

私はニットやストールにもブラシをかけます。網目に沿ってかけると毛足が揃い、見た目にも違いが出ますし、毛玉もちょっと出来にくくなります。

2 水スプレー

次に登場するのが水を入れたスプレー。ハンガーにかけた服にスプレーをして干しておくだけでOK、軽い着ジワなら数時間吊るしただけで消えます。

最初、シワ取り専用スプレーを購入して使っていたのですが、あるとき、海外ロケの撮影準備中にシワ取りスプレーを使い切り、苦肉の策で、「まあ何もしないよりいいか」と水をスプレーに入れて使ってみたところ、何と翌朝にはシワが伸びているではありませんか！

それ以来、ニットにもパンツにも毎日水スプレーを使っています。シルクや化学繊維など水に弱い繊維には使えないかもしれませんが、コレは旅行先でも使える便利な技ですよね。旅の達人・ひとりっPさん（「ひとりっぷ」の名付け親で「ひとりっぷ」シリーズの著者、福井由美子さん）も、無印良品の携帯スプレーボトルに水を入れたものを旅に常備しているといっています。

水スプレーは、水道水にローズマリーオイルなどをほんの1、2滴加えて使用しています。

私は、東急ハンズあたりで買った使い勝手のよい空のスプレーボトルに、水道水とローズマリーオイルなどをほんの一、二滴入れて使用しています。香りが良くて気分も上がりますし、防虫効果も期待できますね。

3 スチーマー

とはいえ、それでも取れない頑固なシワにはやはりスチーマーの出番です。私は、アマゾンで買ったT-fal（ティファール）のスチーマーを長く愛用中。軽くはないのですが、スチーム量が多く、とにかく丈夫。

スタイリストという仕事柄、今まで何台ものスチーマーを使ってきましたが、私の過酷な使用に耐えきれずどれも約一年で選手交代になってきました。でも、このコは違いました。3〜4年酷使してもまだまだ現役です。気になるお値段もコレだけ使えればコスパ良し!! です。

4 番外編 ハンガー

ハンガーもさんざん買って試して辿り着いたのがコレ。やはりアマゾンで買いました。「MAWA すべり落ちないマワハンガー」。10本で2000円くらい、今や家中のハ

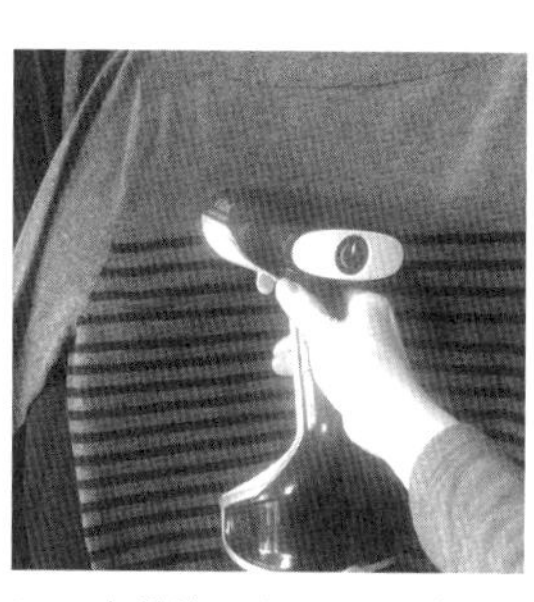

3〜4年酷使してもまだまだ元気。愛用しているティファールのスチーマー。

ンガー、ほとんどコレです（笑）。

5番外編　毛玉取りブラシ

写真は充電いらずでエコな毛玉取りブラシです。海外の友人へのプレゼントにも喜ばれています。短くかたい毛足で、毛玉をねこそぎ取ってくれます。うす手のカシミヤニットなどのときは充電式毛玉取りを。使い分けています。

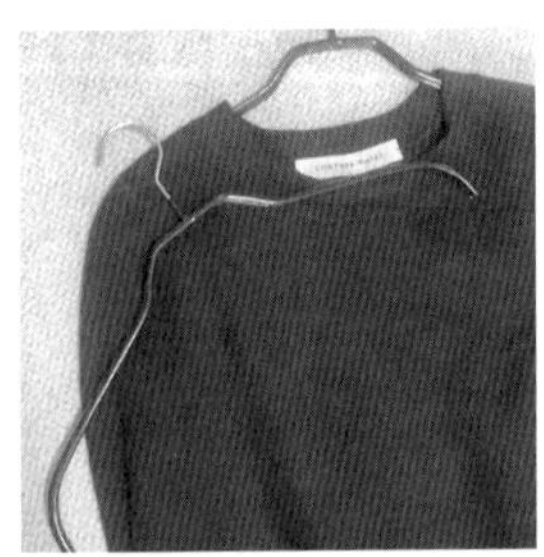

ようやく辿り着いたハンガーです。「MAWA　すべり落ちないマワハンガー」。

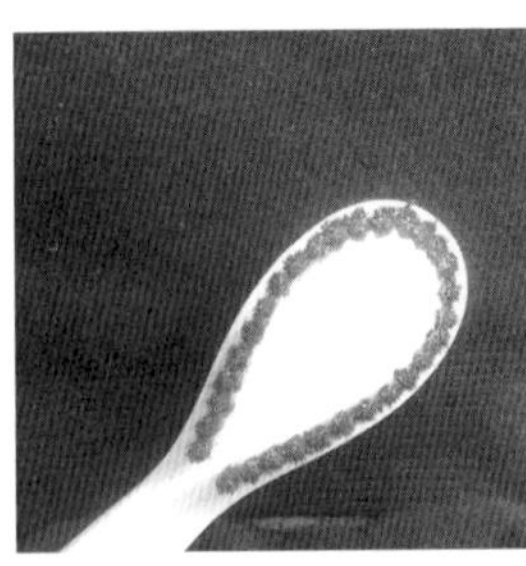

これが必勝毛玉取りブラシです。

第3章
BBAこそ旅を！

春の湘南と大人ドミトリー

旅にメリハリと、「何もしない」贅沢

ホステル「WeBase鎌倉」から歩いて2分で海!

「季節外れ」を楽しむ

ＢＢＡこそ旅は必要では、と第1章で書きました。旅といっても、1週間以上行く海外の旅ではありません。こんな時代ですからね。「週末ちょっと隣の県まで!」くらいの気軽な旅。日帰り旅行だって良いのです。

気がついたら、生まれてからずっと長い時間を同じ土地で生きてきた私、人生の気分転換が必要なのです。

湘南といえば夏、と思っていらっしゃる方は多いと思います。もちろん夏の湘南はきら

きらと美しいですよね。ですが「季節外れ」を楽しむのも、BBAの楽しみ方だと思います。季節外れのほうが、人が少なくて静かだし、なにより、海にガツガツ入って遊ぶ元気がなくなってくるのがBBAですから。

友人が住んでいるのもあって、私は2、3ヶ月に一度、湘南に遊びに行っています。まだまだ寒い日もあるけれど、冬から春の湘南もいいものです。若い頃の夢は湘南に別荘ビーチハウスを持つことでしたが、冷静に考えて、維持費やキープする手間など私には無理。それで、その都度、宿を借りて週末湘南生活を楽しむことにしたのです。

やることといったら、まず、昼間っからワインを飲む。前にも書きましたが、若い頃は冬でも夏でも「とりあえずビール派」だった私が、いまや、「まったり白ワイン派」になりました。ビオやオーガニックなど、ナチュラルな白ワインをいただくと、気のせいか、穏やかに酔う気がするのです。これは私の体質の問題かもしれませんが。友人が一緒なら一本4000円くらいのオーガニック白ワインをボトルで頼みます。ボトル一本でワイングラス7杯はあるのでたくさん飲んじゃう方にはオススメです。

海を見ながら白ワイン。私にとって湘南は、ワインを飲みにいくところ（笑）。イタリアのアマルフィのような海辺で、何もしないで友と海や夕日を眺める！　欧米でも「何もしない」のがバカンスの究極スタイル。贅沢の極みです。

海を一望する高台に佇むレストラン「surfers（サーファーズ）」には、他にもいろいろな楽しみ方があります。手前の逗子海岸ロードオアシス（2020年10月現在、崖崩れにより閉鎖中）でタクシーを降りてから2、3分歩いて、定食屋さんで新鮮な地魚定食をいただいたり、小さな八百屋さんで野菜を買ったり。

ときにはsurfersクラブ（Club surfers）の会員特典でジャグジーに入ったりするのですが、面倒な日もある。そんなときは、磯浜まで下りていって足だけ波に打たれてプチ・タラソテラピー。それだけで、十分癒やされるし、デトックスされた気持ちにもなれます。こんなことが楽しめるのは、BBAになったよさだと思います。

surfersからの夕焼けに癒やされます。

還暦まぢかで、カプセルホテルデビューー！

BBAになって目覚めたことの一つが、ドミトリーやカプセルホテルに泊まること。まさか還暦まぢかで、ドミトリー&カプセルホテルデビューをすることになるとは！　でも、最近のドミトリー&カプセルホテルって凄いんです。

きっかけは、ここ数年のホテル宿泊費の高騰です。インバウンドの方々がたくさん押し寄せてくださったおかげで観光業は潤いましたが、その反動か、日本中のホテル宿泊費が高騰！　トークショー出張や、ライブ遠征のときに、以前なら8000円くらいで泊まれたビジネスホテルが、いつの間にか軒並み2万円近くに……。旅の多い私にとっては大打撃。そこで、京都出張のときに恐る恐る「9h nine hours（ナインアワーズ）」に泊まってみたのが、カプセルホテルデビューでした。

カプセルホテルとは、一人用のカプセル状（箱型）のベッドが並ぶホテルです。そして、ユースホステルやゲストハウスなど、相部屋タイプの宿泊施設を一般にドミトリーやホステルと呼びます。いずれも普通のホテルより安価で泊まれるため、若者や長期旅行客が使うイメージがありましたし、実際、そうした人の利用が多いようですが、BBAが使っていけないはずはありません。最初は怖々だったけど、泊まってみたら実に快適！　オヤジくさいビジネスホテルより安眠できます。

とはいえ、コロナでいまや観光業は大打撃。早く元のように戻れるといいのですが。今は日々状況が変わるので旅に出る前にウェブページで確認してくださいね。

ドミトリーで立てる「沈黙の誓い」とは？

たとえば、湘南ではホステルの「WeBase鎌倉」。由比ヶ浜駅まで徒歩3分、海までも歩いて2分という素晴らしい場所にあって、朝日を浴びながら、宿でヨガもできるんです。

シャワールームだけでなく、大浴場があるのも嬉しいところ。女性専用の部屋もあるし、グループで泊まる場合は、仲間だけの部屋を予約するなど、用途によって使い分けるのもいいですよね。

実は、今年（2019年）7月に泊まったのですが、4人部屋は1人でも4人でもほぼ同じ値段（だいたい1万5000円くらい）で一部屋丸ごとしか貸しておらず、今回初めてトイレと洗面台付きの個室ダブルベッドルームに1万円くらいで泊まりました。コロナの影響で旅のスタイルも変わりますね。美味しい朝ごはん付きでちょっと贅沢な時を過ごしました。

コロナ前、このホステルに私は一人で宿泊しました。ホステルやドミトリーに泊まるとき、夜になると私は「沈黙の誓い」を立てねばなりません。一人部屋でないから、喋っちゃダメ！　と自分に言い聞かせる誓いです。これをすると、日頃おしゃべりな私が静かになる。口だけじゃなく、不思議と心も静まるからよく眠れるんです。ま、そもそも一人だから、誰と喋るんだ、って話なんですが（笑）。よく考えたら、ホテルであっても、一人部屋で一人で喋ったりはしませんものね……。でも、この「ときには沈黙の誓い」、オススメです。

湘南では、カジュアルなゲストハウス「海宿食堂　グッドモーニング材木座」もお気に入り。ここは名前のとおり食堂があって、地元の食材を使った美味しい朝ごはんをたっぷりいただきました。ここでは少し奮発して、海側の和室個人部屋に泊まります。

いま、カプセルホテルも進化しています。カプセルホテルデビューとなった京都の「9h nine hours」に泊まったときは驚きました。カプセルホテルは最近、外国人観光客に大人気だと聞きますが、その理由がよくわかります。『2001年宇宙の旅』に出てくるような、宇宙船のようなカプセルが並んでいる。そんな近未来的な空間に圧倒されます。ロッカーからベッド、シャワールームへの動線もよく考えられていて、安全・便利。ベッド寝具も清潔です。

コロナの時代、カプセルホテルやドミトリーがどう変わっていくかわかりませんが、私は新しい選択肢を学びました。

もちろん、老舗ホテルや高級ホテルもいいけれど、たまにはカプセルホテルやドミトリーを使う。そうして少し浮いたお金で、食事をちょっと贅沢する。お土産を自分にも買ってみる。BBAになって、そうやってメリハリをつけることが心地よくなりました。いま、ドミトリーやカプセルホテルは各地に増えています。新しくできたいいもの、楽しいものに、BBAだってのっていきたいものです。

9h ninehours：https://ninehours.co.jp/　（京都店は2020年5月に閉店）
WeBase鎌倉：http://we-base.jp/kamakura/
海宿食堂　グッドモーニング材木座：http://zaimokuza-goodmorning.com/

「ライブ3割・食と温泉7割」のBBA旅

いいことと悪いことはセット

山口県湯田温泉では白い狐が迎えてくれました。

旅で重要なのは「食」、なかでも「お茶」です

コロナ前の幸せなときに山口～福岡～唐津（佐賀県）の3泊4日の旅に行ってきました。福岡在住の〝旅友〟と、私を含めて三人旅。目的はバンドのライブ……のはずでしたが、実際は、ライブ3割、食と温泉7割のゆる～い旅。でも、BBAにはこれくらいがちょうどよかった！

いくら好きなバンドでも、小さなライブハウスでは3時間くらいほぼ立ちっぱなし。昼から張り切りすぎては体がもちません。観光はほどほどに、温泉を巡ったり、ご当地自慢

のお菓子でお茶を楽しんだりしてライブに備えるのがBBA流。今回は、行き当たりばったりの旅もいいよね、というお話です。

地方に旅に出ると行きたくなる場所のひとつが、その土地ゆかりの記念館や美術館です。山口ではライブ翌日に「中原中也記念館」に行ってきました。「汚れっちまった悲しみに」で知られる詩人の中原中也は現在の山口市湯田温泉の出身。都会のど真ん中のコンクリートジャングルで、ロマンチシズムとはまったく無縁の人生を送ってきた私は、あらためて純粋な彼の詩に触れて心が洗われるようでした。

私が訪れた4月29日は、なんと中原中也のお誕生日。当然、知らずに訪れたのですが、無料で入ることができました。私たち、〝もってる〟！

しかし、ラッキーもあれば、アンラッキーもあるのが旅の掟です。美輪明宏さんも「正負の法則」とおっしゃっていますが、いいことと悪いことはセットで起きる。これ、旅に限りませんけどね。

何がアンラッキーだったかといえば、この旅、お天気に恵まれませんでした。山口の湯田温泉に泊まったのですが、どしゃぶりで、楽しみにしていたカフェの足湯に入ることはできなかった。こういうことは、あります。

まあ、前日にホテルの温泉や、ライブ前後にハコ（ライブハウスのこと）のそばにある「亀乃湯」（大人390円の銭湯ですが、お湯は温泉）に入ったので、湯田温泉を十分堪能したと言えますね（笑）。湯田温泉には、そこかしこに白い狐のモチーフがあり、聞いたところによると狐が見つけてくれた温泉らしいです。

さて、私たちの旅で温泉とともに重要なのは「食」。なかでも「お茶」です。休憩はBBAにとって欠かせませんよね。山口では、山口銘菓「豆子郎（とうしろう）」のカフェで癒やしのひとときを過ごしました。ここ、お庭も素晴らしい。和菓子屋さんには、お庭を見ながらお茶をいただける場所がけっこうあるので、見つけると、つい入って、お茶をしてしまいます。降りしきる雨に新緑が映え、とても贅沢な時間を過ごしました。

食べてばかりではなく、少しは観光もしました。印象的だったのは「山口サビエル記念聖堂」。モダンでシンプルな教会で、数十年前に訪れたフランスのヴァンスにあるマティスのロザリオ礼拝堂を思い出しました。パイプオルガンも素敵な礼拝堂には、ザビエル神父が日本に渡ってきた経路や、江戸時代の隠れキリシタン（潜伏キリシタン）の歴史などが展示されていました。隠れて信仰を続けるために、神社など、日本に元からあった信仰のなかに十字架のモチーフを忍ばせて礼拝したりしていたそうです。

こういう場所に来ると、信仰の自由のなかった時代に思いをはせます。いまは自由に信

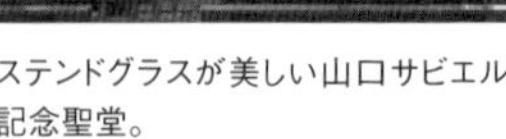

ステンドグラスが美しい山口サビエル記念聖堂。

仰できる時代に生きている私たち、それは凄いことだなとあらためて思いました。

あ、夜はライブに行きました、ちゃんと（笑）。

うっかり八兵衛に運が回ってきた

その後、福岡、そして唐津へ。目的は3つです。

1. 福岡で焼き鳥を食べる
2. 唐津で呼子イカを食べる
3. 唐津銘菓　松原おこしの「脇山商店」に行く

やっぱり食は大事なのです。

福岡の焼き鳥は、前々から行きたかった「藤よし」さんへ。福岡チームが予約しておいてくれて、念願叶って訪れることができました。本当に美味しい！　ここの焼き鳥のねぎ間は、長ねぎでなく、玉ねぎなんです。そういえば北海道で食べた超美味な焼き鳥も、長ねぎではなくて玉ねぎでした。焼き鳥といえば長ねぎしかないと思っていた江戸っ子の私は井のなかのカワズでしたね。

お店に入ってからムラムラと焼き鳥探究心が燃え出した私は、福岡出身の知り合いのファッションメーカーのPR担当者にSNSで連絡！　彼が「絶対食べるべし」と薦めてくれたふぐ雑炊やウニの茶碗蒸しも絶品。たらふく食べて飲んで1人3000円。またすぐに行きたいです！「どこでもドア」プリーズ（笑）。

そして、呼子イカを食べに、いざ唐津へ。しかし、またしても天気は味方してくれず……、車を飛ばして呼子まで来たものの、海が荒れてその日は漁に出られなかったということで、念願の透き通る生のイカ刺を食べることはできませんでした。それでもイカ定食（げそは唐揚げにして出してくれます）とサザエのお刺身をいただき、一杯飲めば、大雨のなかでも自ずと気分は上がっていくものです。

もう一つ、私たちが行きたかったのが、松原おこしの「脇山商店」です。このナゾの食べ物、去年糸島（福岡県）の市場の片隅で偶然発見し、あまりの美味しさにびっくり！「虹の松原」にある「脇山商店」に行くと出来立てを買えると聞いたからには、行かないわけにはいきません。

その場で試食すると、さすがに今朝出来たばかりは違う！　微妙に柔らかく、口に入れると黒砂糖の絶妙な風味が広がっていく、独特で癖になる味わいでした。包装もかわいく

福岡の焼き鳥「藤よし」さん。ふぐ雑炊やウニの茶碗蒸しも絶品でした。

て、お土産用に2個購入しました。

ちなみに「虹の松原」は、道の両側に日本では珍しいまっすぐな松が何万本と植えられている景勝地で、まるでハワイのノースショアをドライブしているようです。もう私の目には、松の木というより、ハワイのパインツリー。この日も降ったり止んだりの雨でマイナスイオンが大発生していて、癒やされました。

本店から出てドライブすると、次から次へと「松原おこし」のお店が出現。本家とか総家とかが建ち並ぶ「松原おこしストリート」! で、しばらくドライブを続け大原へ。ここでの目的は「大原老舗　大原松露饅頭(しょうろまんじゅう)　鏡店」です。

こちらのお店は、買った松露饅頭を、店内にあるベンチに座り、サービスで出されるお茶と一緒にいただけます。ガラス越しに美しいお庭を堪能しながら。お饅頭は好きですが、BBAともなるとそう何個もいただけません。浮かれて箱で買って帰っても食べきれなかったりします。そんな私たちにとって、このシステムはありがたいものです。

小さなお饅頭2個と温かいお茶を一杯いただく幸せ。お店を出ると近くに「鏡山」というなだらかな山が見えてきました。福岡の友人たちは、子供の頃にここに登ったことがあるとのこと。鏡山の麓にある「鏡山公園」でつつじ祭りが開催されていることも知り、山に登ること(もちろん車で!)にしました。

天候が悪く、肌寒い。普通なら諦めるような霧のなか、頂上まで車で行くと、私たちは果敢に車から降り公園に向かいました。すると、人影がほとんどない霧がたちこめた橋の向こうには、幽玄の世界が。霧のなか、池に映る松や、ぼんやり見え隠れするつつじを3人だけで堪能するという贅沢が待っていました。

ところがっ！　つつじは美しいけれど、気がつくとすごく寒い。何しろ冷えに弱いBBA3人組です。どうしたらいいのと弱気になり、山を下りながらグーグルマップを見ていたら、なんと、ありました。温泉です。源泉掛け流し露天風呂付き大人600円「鏡山温泉茶屋　美人の湯」で日帰り入浴して、心も体も温まることができました。

行き当たりばったりで、こんなに運が回ってくるんだなあと、しみじみと幸せになる旅でした。『水戸黄門』のうっかり八兵衛のように食べてばかりいただけなのに(笑)。でももしかしたら、行き当たりばったりで自由な余白があったから、運が回ってきたのかもしれませんね。

行きたいところがたくさんあって、スケジュールをきっちり決める旅もいいけれど、体力が限られるBBAには、ゆるい旅もオススメです。

鏡山公園には、天候が悪いおかげで(?)幽玄の世界が広がっていました。

唐津に行かなくても、唐津焼を買っていた!

最後に、この旅行で、自分が歳をとってちょっとだけ成長したなと感じたことを。唐津で、唐津焼の店を訪れたんですね。お酒を注ぐのにいい器や小鉢を見つけて、これでお酒を飲んだら素敵だな、豆剣山をおいてお花を活けるのもいいなと想像したのですが……、途中で、いや、まてよと。なんだか見たことがあるぞ。デジャブ⁉ と思いとどまりました。わが家には、棚がたわむほど食器がパンパンに入った食器棚が待っているのです。本当に欲しかったらすぐに買っていたのかもしれませんが、どこか迷いが出てしまい、いったん物欲を抑えたのです。

家に帰ったら、ありました、同じような唐津焼の器がいくつも! 唐津に行かなくても、知らずに唐津焼を買っていたのです!

とはいえ、昔の私なら迷わず買っていただろうと思います。でもそうした結果、わが家には使わないものが増え、反比例するように、貯金が減っていった……。欲しいものを前にしても、いったん立ち止まることができるようになった。BBAもちょっとは進歩しているのかもしれません。

ロンドン最新「食」事情

BBAは昼はがっつり、夜はライトに

（ロンドン旅・前編）

眼下にテムズ川を望みながら食後のアールグレイティーをいただきます。

テクノロジーの進化に感謝！　自動化ゲートでラクラク入国

2019年夏、4泊6日のロンドンひとり旅に行ってきました。本の執筆などで立て込んでいたこともあり、正直、行くかどうか、迷いました。疲れるし、お金もかかる……。けれど、思い切って旅立ったら、結果、楽しかった！

体力も、気力も、（これは人によると思いますが）懐も弱ってくるBBAですが、歳をとったからこそ、たまには、窓を開けるように自分のなかの空気を入れかえたいもの。実際、面倒くさいこともありますが、それを上まわる何かを旅はもたらしてくれます。

ロンドンには小さいときから特別な思い入れがあります。父に連れられて銀座に観にいったディズニー映画の『メアリー・ポピンズ』では彼女の自由奔放な生き方やロンドンの街並みに引き込まれ、その後ハマったロックもローリング・ストーンズやデヴィッド・ボウイなどすべてメイド・イン・ロンドン！　ミニの女王マリー・クヮントや黒いマニキュアのBIBA（ビバ）などファッションもです。その頃は、60歳すぎてまだロンドンに惹かれ、通うようになるとは思ってもいませんでしたが。

まず、ロンドンの空港に着いてびっくりしたのが、ヒースロー空港入国審査の新しいシステム！

ロンドンに着くたびに暗い気持ちにさせられていた、あの「魔の入国審査待ちの列」。BBAになった私には、本当につらかった。12時間を超えるフライトでふらふらのBBAには過酷な試練でした。

今回、いつも1時間半以上、ヘタをすると2時間は待たされていた入国審査窓口がなんと（！）自動ゲート化されていたのです。日本人用の自動化ゲート対応パスポートを持っていた私は、ものの15分くらいで通過。渡航前に、私が行くのと同じフェスに前の週に行っていたス

窓をあけて空気を入れかえるように、たまには旅をして、自分のなかの空気を入れかえたいもの。

トーンズ仲間のA夫妻から話には聞いていたのですが、まさかこんなにラクになっているとは！　テクノロジーの進化に感謝。長く生きているといいこともありますよね。

今回の旅のいちばんの目的は、毎年、夏にロンドン市内のど真ん中、都会のオアシスであるハイド・パークで開かれるサマーミュージックフェスティバルです。数年前、ローリング・ストーンズが出たときも最前列で見たのですが、今年のニール・ヤングとボブ・ディランは、さすがに寄る年波に負け、ソファー席でゆったり見られるGARDEN VIP席でビールやロブスター、ポテトフライをいただきながらゆっくり見ることにしました。

しかし！　やはり大好きなニール・ヤングのときはエリアの最前列に行っていました。夜9時を過ぎてもまだまだ明るいロンドンの夏ですが、ボブ・ディランが佳境に入る頃にはすっかりあたりも暗くなり、いい感じに。ずっと立ちっぱなしだったので急に足腰にきてソファー席に戻り、まったり見ることにしました。雰囲気たっぷりのロンドンの夏の夜を満喫しました。

都会のオアシス、ハイド・パークで開かれるフェスへ。BBAらしくソファー席でゆったりと、でも、ニール・ヤングはやっぱり最前列で。メリハリが大切です。

欲張らず、最前列にこだわらなくなったのもすっかり大人になった証拠ですよね。体力のないBBA、メリハリが大切です。

テムズ川を見下ろす絶景朝ごはんと、パブの日曜限定ロースト

「食」についても、やはりメリハリです。そしてロンドンの食は本当に進化している。というか、「モダンで健康的な美味しいもの」と、以前からあるいわゆる「まずいイギリスの食事」の、真っ二つに分かれた印象を受けました。

まず、オススメしたいのは、「The Shard（ザ・シャード）」での朝ごはんです。ザ・シャードは、2013年にオープンした、現在、イギリスでもっとも高い87階建てのビル。その31階に入っている「Aqua Shard（アクア・シャード）」で、ちょっと遅めの朝ごはんを食べてきました。スコットランドから駆けつけてくれた友人夫婦が予約してくれました。1階入り口のちょっと厳しすぎるセキュリティチェックで予約名を確認されてから上がります。そのためにも事前予約は必須です。

テムズ川を真下に望みながらいただく朝食はかなりスペシャル。パンにベーコン、ビーンズなどがついた、一見オーセンティックなイギリス式朝ごはんですが、とにかくすべてが美味しい！　ベーコンやハムも一味違います。そして、ココットに入った熱々のチーズ

とマッシュルームがのったオムレツもびっくりするくらい美味。他にも、ブレックファストメニューが何種類かあります。ジュースとティーかコーヒーもついて、朝ごはんセットの値段は20ポンド（約2700円・2020年7月現在）です。安くはありませんが、この料理にテムズ川を一望できる素晴らしい眺望もついていますから、絶対にお得だと思います。毎年変わりゆくロンドン、古い街並みとモダンな新しい高層ビル、鳥になったつもりで上空からロンドンの眺めを楽しみました。

それから、日曜日にロンドンに滞在する人にオススメしたいのが、「サンデーロースト」です。これ、パブやレストランで、日曜日だけ食べられるメニューなんです。チキンやビーフのローストをメインに、野菜もついたワンプレートで、女性の一人旅にぴったりですね。値段は店によって違いますが、私が食べたパブでは、日本円で2000円程度でした。

サンデーローストには、「ピムス」というロンドンっ子が夏に飲むリキュールをいただきました。ピムスの飲み方は店によってそれぞれですが、レモンやオレンジ、キュウリやミントなどを入れ、レモネードやジンジャー・エールで割って飲むのが一般的のよう。ロンドンの夏にぴったりな爽やかなお酒です。

肉&野菜のバランスがよい日曜限定の「サンデーロースト」と、ロンドンっ子に大人気の「ピムス」。パブで大満足の食事。

実はこの日はテニスのウィンブルドン、男子決勝の日でした。ジョコビッチ選手とフェデラー選手のあの5時間近くにわたる熱戦を、ローストをほおばり、ピムス片手にロンドンのパブで観る。幸せなひとときでした。ただ、試合が長くてちょっと疲れたので途中でリタイア、スーパーで流行りの缶入りジントニックを買ってホテルに戻り、続きを観戦しました（笑）。

なぜか今ロンドンでは、ジンを飲むのが流行っているんですよね。ジンカクテルだけで本当にいろいろな種類がありました。ピムスやギネスも基本ですが、ぜひ試してみてください。

美術館でモダンブリティッシュを堪能

私にとって、旅に欠かせないのが美術館めぐりです。えっ？　また美術館？　って感じですが（笑）。

今回は、「National Portrait Gallery（ナショナル・ポートレート・ギャラリー）」で開かれている企画展「シンディ・シャーマン回顧展」に行ってきました。これはロンドン在住の友人が薦めてくれた展覧会なのですが、その友人は、私と入れ違いで日本に帰国中。こういうことも旅にはありますね。でも、滞在中もLINEでやりとりして、ロンドン情報をアップデートしてくれました。持つべきものは、食・趣味ともにセンスのよい友人ですね。東京にいる彼女にリモートコントロールされた私（笑）。

シンディ・シャーマンはセルフ・ポートレート作品で有名なアメリカの写真家・映画監督です。コンセプチュアル・ポートレートという新しいジャンルを確立しました。彼女がさまざまな被写体になりきって撮影された作品は見ごたえがあり、とても1時間では見終わらないくらい。入場料は20ポンドと高めでしたが、行ってよかった。

1時間以上歩くと疲れて、お腹が空いてきたので、ランチをしようと美術館の最上階にあるレストランへ。スノビッシュな雰囲気なので、一人ですし、予約もしていないし、ちょっとたじろぎましたが、ランチだから大丈夫だろうと入ると、これが大正解でした。

まずモダンなインテリアと眺めが素晴らしい。私のテーブルを担当してくれたショートカットの女性も粋でカッコいい！　まずは白ワインをグラスで頼み、時差ボケの頭を働かせてメニューを選びました（何しろこの日、朝6時にロンドンに到着したばかりですから……）。お肉はタプナードを添えたマトンを選びました。もちろん、焼き加減、味、量も完璧！　サイドで追加したnew potato――新じゃがですね――は、ミントと塩とオリーブ

美術館のカフェでモダンブリティッシュランチを。ポテトも美味しくてワインが進みすぎました（笑）。

オイルでシンプルに味付けされた上品な味わいで、ワインが進む進む(笑)。2、3杯は飲んだので、合計して日本円で7000円くらいにはなりましたが、夜に比べたら、断然お得だったと思います。新じゃがミントオリーブ味は帰国してから何回も作ってみました。

BBA旅ごはんは、昼はがっつり、夜はライトに、がいいと思います。若い頃ほどたくさん食べられない胃にもやさしいし、お財布にもやさしい。特に一人旅は、夜はパブで軽く食べるとか、スーパーなどで買ってきたデリやサラダをホテルで食べるくらいが気軽でちょうどいいですよね。

スーパーは、街のいたるところにあるM&S(マークス&スペンサー)へ、見つからないときもグーグルで検索して行きます。5ポンド(600~700円)くらいのサラダと、飲み物は、エルダーフラワーシロップ入りのアップルタイザー缶がオススメです。ロンドンのホテルはどんなに小さいところでも、湯沸かしとカップのティーセットがついているので、ハーブティーのティーバックを買ってホテルで飲んでもいいですね。さすがお茶文化の国イギリス! ちなみに私はミントティー派です。

貴族の館で#KuTooを考える

もう一つ、オススメしたい美術館が「The Wallace Collection(ウォレス・コレクション)」です。元貴族の館だったこともあり、入るだけで優雅な気持ちになれます。街歩きや人混みに疲れたときに、ほっと一息できるロンドン女子の憩いの場所です。

私が訪れたとき、Manolo Blahnik（マノロ ブラニク）とウォレス・コレクションの企画展「An Enquiring Mind（探求心)」が開催されていました。偶然、知らずに訪れた私は、ものすごくテンションが上がります！　コレクションの絵や家具からインスパイアされたマノロ ブラニクの靴や原画スケッチの数々にため息が出ました。

ここの中庭にもカフェがあるのですが、ここではしっかりコース料理より、お茶やサンドイッチなどの軽食を選ぶのが賢明だと思います。コース料理は古い館の味で、私にはツーマッチでした。ちなみに白のグラスワインは美味しかったです！

いま、靴というと、#KuToo（クートゥー）運動が広がっています。会社などで、ハイヒールやパンプスの強制はやめようという運動です。靴好きの私、貴族の館でマノロの靴を見ながら考えました。

もちろん、この#KuToo運動に賛同しますが、履きたい人が、履く目的に合った場所で、履きたい靴を履いてこそ、靴は輝くし、人も輝くのです。上司や古い社会のルールで強制されて履くものではありません。ハイヒールは本来、パーティーなどで2時間ばかり美しい姿に見せるための道具。美しさには我慢がつきものです。しかし、長時間働くために作られた靴ではありません。繊細で美しいハイヒールが一番輝くのは貴族の館かもしれないなと、ロンドンで思いました。

大英博物館をはじめ、ロンドンには入場無料の博物館や美術館が多数あります。でも私は、余裕があるときは、少しでも寄付をするようにしています。美術館入り口には、「sujest £5」とか「£8」と書かれた箱が置いてあります。これが寄付箱です。学生や若い方など、お金に余裕がない人は無料で見て欲しい。でも私たち大人は違います。金額の多寡は関係ないので、お札以外でも、たとえば慣れないので使い方に困った5ペニーや10ペニーなど硬貨でもいいので箱に入れてみてはどうでしょうか？　お財布のダイエットにもなりますよ。無理のない範囲で若い子の分まで寄付をして、文化を次の世代につなげましょう！

BBA旅は、そんな心の余裕を持ちたいですね。

かつて貴族の館だった「ウォレス・コレクション」。優雅で癒やされる美術館の中庭にはカフェもあります。

最新スポットも、老舗エリアも

BBAが海外で買うべきもの

（ロンドン旅・後編）

中東料理が流行中。味よし、量よし、シェアOK！

今回のロンドン旅は基本一人旅だったのですが、スコットランドに住む友人がタイミングよくお仕事でロンドンに。待ち合わせ場所として、北ロンドンのキングス・クロス駅に呼び出されました。なぜ？　と思って行ったら、びっくり。キングス・クロス駅周辺は、2018年に「Coal Drops Yard（コール・ドロップス・ヤード）」というショッピング・モールがオープンするなど、いま、ロンドンで熱いエリアになっていたのです。

もともとは石炭（＝コール）を落とす（＝ドロップ）置き場として使われていたエリア

ロンドンの最新スポット！「コール・ドロップス・ヤード」。

です。そこにいま、昔の建物を生かしたレンガ造りの個性的なショップやレストランが建ち並んでいて、歩いているだけで気分が上がります。服はBBAにはちょっとついていけないショップもありましたが（笑）、コスメコーナーやレストランは大丈夫。とくにいまロンドンで流行りのオススメ料理は中東料理です。

この中東料理店のいいところは、味はもちろん、量が多すぎないところです。いろんなものを少量ずつ食べられる。欧米の食事は日本人には量が多すぎることがありますよね。ましてやBBAには。でも、ここでいただいた中東料理はおしゃれで量もちょうどよくて、大満足でした。しかも堂々とシェアできる！　食事は一人一皿が基準の個人主義な欧米ですが、ここのお店は他のテーブルもみなさん料理をシェアして食べていました。

お店の奥には……お気に入りのパブの秘密、教えます

最新スポットも押さえておきたいけれど、昔ながらの老舗にも惹かれます。やはり行くのは「リバティ・ロンドン」周辺です。今回驚いたのは、リバティ並びにできた「H&M Home」です。H&Mのインテリアラインで、私にもできそうなコーディネートがあったり、緑に囲まれた気持ちのよいカフェもあったりで、オススメです。インテリアライン、日本ではオンラインでのみ一部商品を扱っているようです。実店舗でしか体験できない空間を

楽しみました。タオルなど軽い小物を数点購入。キャンドルやお皿など重いものはその場でネットで日本のH&Mホームページをチェックして、帰国後に自宅に届くようにオーダー。BBAならではの姑息な知恵でしょう（笑）。

買い物に疲れた頃、ランチはリバティの裏にあるタコス店「Breddos（ブレッドス）」に入りました。タコスもロンドンで流行っている料理の一つ。これもまた、量がちょうどいいんです。タコスに合わせてマルガリータを一杯。幸せのひとときです。このお店、スタッフや来ていたお客様も素敵で目の保養にもなりました。

リバティのカフェも好きですが、裏通りのキングリー・ストリートにはおしゃれなインド料理屋「Dishoom（ディシューム）」、オーガニック健康志向の「Detox Kitchen（デトックス・キッチン）」からオールドスタイルのパブまで、おしゃれなロンドンっ子が通うレストランがたくさんありますので、この界隈はぜひチェックしてみてくださいね。

あともう一軒。本当は秘密にしておきたかったのですが、私のお気に入りのパブを。ノッティング・ヒルにある、外壁が花で囲まれたパブ「The Churchill Arms（ザ・チャーチル・アームズ）」です。入り口付近はオールドスタイルのよくあるパブですが、なんとお店の奥は本格的なタイ料理屋さん！　ギネスをはじめ生ビールを頼めますし、食事の

タコスも流行中。少しずついろんな味が楽しめます。

オーダーはパッタイなど一人一品頼めばＯＫ。安くてカジュアルな大人旅ディナーにオススメです。このタイ料理レストランはかなりの人気なので、直前でもいいですから、予約してから行くことをオススメします。

ＢＢＡが海外で買うべきものは、薄い色のまゆずみ

ロンドン旅行記の締めくくりはお土産について。友人に、家族に、そしてなにより自分に（笑）。お土産選びは旅の楽しみの一つですよね。今回、私が買ってよかったものをご紹介します。

一つは、リバティの化粧品詰め合わせセットです。普段は詰め合わせを買わないのですが、リバティの化粧品売り場って、いま、世界でいちばんイケてるものが集まっているんですよね。そういう場所ですから、試してみる価値はあるだろうと思って、今回思いきって買ってみました。

パブの奥にはタイ料理屋さん。ハーフパイントのギネスドラフトビール（タップビール）も飲める上、食事は一品からでOKと、大満足なレストラン。

お気に入りの「ザ・チャーチル・アームズ」。美しい花に囲まれ、チャーチル元首相の名を冠した歴史あるパブです。

すると大正解！　詰め合わせセットには、お店の推しの商品が全部入っていることがよくわかりました。セットに入っている商品を試した後、気に入ったものは、今度は単品で買ってもいいですよね。

コスメでもう一つ、オススメしたいのは、まゆずみです。これはキングス・クロスのショップで買いました。

前にも書いたように、髪のカラーを明るくしているんですが（私の「グレイヘアへの道」については75ページをご覧ください）、髪の色を変えたら、眉の色が合わなくなってしまったのです！　つまり日本のまゆずみって、薄い色がなかなかない。薄そうに見えても実際描いてみるとかなり濃い！　日本人は髪が黒いから、当然ですよね。そこでグレイヘアが増えてくるBBAが海外で買うべきものは薄いまゆずみだと、気づきました。いくつになっても新しい発見があるって楽しいです。

スーパーで安くて軽いお土産を

ロンドンのいたるところにあるスーパー、M&S（マークス&スペンサー）では食料品も買いました。あると便利なオリーブオイルのスプレーやマヨネーズ、私の好きなアールグレイのリーフティーなど。すべて安いし軽いしかわいいし、お土産にぴったりです。お値段も2ポンド~6ポンド(約270円~810円)くらいとお手頃。

ご存じの方も多いと思いますが、イギリスの消費税(VAT)は基本が20%で、日本よりも高いです。レストランで食事をすると、VATにサービス料もかかりますから、日本と比べるとずいぶん高くなる。一方で、VATが安くなる、あるいはかからないものもけっこうあるのです。たとえば食料品やベビー用品など、日常生活に必要と考えられる品目です。だから、ロンドンの物価はすべて高い、というわけではありません。ぜひスーパーに行ってみてください。

最後に、「ロンドン旅・前編」でご紹介した美術館「ナショナル・ポートレート・ギャラリー」のミュージアムショップでこんなものを見つけました。折しも、私が旅していたのは、英国の下院選挙の前。「選挙に行こう」と呼びかける方法って、いろいろあるんですね。

「VOTES FOR WOMEN」と書かれたトートバッグを、選挙前のお土産にしました。婦人参政権に想いを馳せて。

一番左のドレッシング以外すべて大当たり! スプレーのオリーブオイル、蜂蜜、チーズにぴったりなクラッカー、大好きなアールグレイの紅茶は、ディスク型のティーバッグとリーフティー両方をゲット! 50個入りのティーバッグは滞在中に早速お部屋でいただいてちょっと幸せになりました。

京都の貧乏×贅沢旅行

初めてのお店の入り方

初めて入るお店は、早い時間に！

京都にも特別な思い入れがあります。

初めて京都を訪れたのは10歳小学生のとき、母との二人旅でした。旅というより二人で家出？　当時の大人の事情はわかりませんが、父と弟を築地におきざりにして、神社や川床の食事、買い物など二人で遊び倒しました。

２０１９年秋、トークショーで京都に行きました。

前乗り（仕事前夜から現地入りすること）して夜は、軽く一人で夕食を食べ一泊、翌日

ふと見つけた「四富会館」のお店「泰山木」が素晴らしかった!

に備えてその晩は早く休みました。翌日、トークショー後に、京都の友人と飲みにいく約束をしていたためここはいろいろ行きたい欲を抑えました。トークショーに備えてお酒もほどほどにした大人な私（笑）。

　トークショーが終わると、楽しみにしていた友人（ちょうど博多からライブに来ていました）と日が明るいうちから一杯。彼らを見送った後は「錦湯銭湯」でさっぱりします。江戸っ子なので銭湯は手ぬぐい一本あれば、上がるときに体に水滴一滴も残さず入浴できます。気分転換が目的なので、髪を洗ったりなどはいつもホテルで。帰り際、番台のおじさまから、なぜか牛乳石鹸をいただくことができてラッキー！　昔と変わらない良い香りに癒やされました。

　そのあと、一人で歩いていてふと見つけた飲み屋横丁？「四富会館」へ。後で知ったのですが、京都でも名高いディープな酒場だそうです。ふらりと入ったお店「泰山木」が素晴らしかった！　ここ、ラーメンもオススメだそうです。残念ながら、銭湯前に夕飯を済ませていた私のお腹にラーメンは入りませんでしたが、突き出しや、湯葉餃子が本当に美味しかった。レアな日本酒もいただきました。次の機会にはぜひラーメンもいただきたいと思っています。

好みは人それぞれだと思いますが、私はこういう昔ながらの銭湯が好きです。

初めてのお店は、まして京都で一人だと、入りにくい場合がありますよね。一見さんは、早めの時間など、地元の方々で混まない時間帯がよいと思います。お店があいた直後くらいはまだ空いていますから、入りやすいのです。

まさか還暦で踊る「ヒューイ・ルイス」in京都

そうこうしているうちに、翌日会うはずの友人からラインで呼び出しが。急遽タクシーに飛び乗り、キース・ヘリングのポップアップストア・パーティーへ。京都らしい暖簾（キース・ヘリング柄！）をくぐり会場へ。懐かしい80年代のダサカッコいい曲を流すイカしたＤＪユニットに踊らされて京都の夜は更けていくのでした。まさか還暦になってヒューイ・ルイスの「パワー・オブ・ラブ」で踊るとは！（笑）

翌日は、荷物を宅急便で送り身軽になったところで、ＪＲ京都駅の伊勢丹に入っている京都和久傳で、前夜の友人とランチを。彼が京都の山々を見渡せるカウンター席を予約してくれていて、帰る前に、美味しいお料理とともに、素敵なビューを楽しめて最高でした。やはりランチはお得ですね。

実は今回の宿泊は、河原町にあるカプセルホテル「9h nine hours（ナインアワーズ）」（京都店は２０２０年5月に閉店）に泊まったのです。「カプセルホテルデビュー」のところにも書きましたが、ここはまるで『2001年宇宙の旅』のようなモダンミニマリズムなインテリアで清潔で静か。いつのシーズンも観光客で溢れかえっている京都では、「禅」のような静けさと、物がない白い空間は、私にとって必須事項。最新のスニーカーを履いたクールなインバウンド客にも人気の宿です。お値段も驚きの3000円から5000円くらい。宿泊で浮いた分、ランチで贅沢をする。貧乏×贅沢旅行で、元気になりました。

また、ふらっと京都に遊びに行きたいです。

キース・ヘリング柄の暖簾をくぐりぬけて……ヒューイで踊りまくった京都の夜。

大人の沖縄一人旅・2020

計画をあまり立てないＢＢＡ旅の楽しみ

飛行機内で原稿を仕上げメール送信！　ホッとしながらオリオンビールに手を出す。

初めて行きました、北谷！

なんだかんだ毎年一度は訪れる沖縄。

バリバリ江戸弁で喋るのに、「島の人？」「サンエーカードありますか？」（サンエーは沖縄のスーパーチェーン店）と毎回聞かれるほど沖縄の空気に馴染んでしまう私。

友人も多いこともあって、田舎のない私にとって沖縄は第二の故郷です。

２０２０年お正月、お目当てのバンドのツアーということもありますが、沖縄に住む友人も何人かでき、寒い東京から逃げるように、暖かい冬の沖縄に４泊５日で行ってきました。

大人のふらりひとり旅。知り合いのバンドのライブスケジュール以外は特に計画を立てず、体力・気力と相談をして、気の向くまま、気ままに行動。それでも新しい発見がありました。沖縄もアップデートしているし、旅で自分もアップデート！　ということで、オススメスポットや、旅の途中に考えたことを書きたいと思います。

今回、初めて訪れたのが北谷（ちゃたん）です。ここには「美浜タウンリゾート　アメリカンビレッジ」というエンターテインメントタウンがあって、ショッピングやグルメが楽しめます。

那覇から、バスで800円くらい小一時間のショートトリップです。以前の私なら、迷わずタクシーで移動していましたが、何しろライブ以外は決まった予定もなく、急ぐ必要もないので、地元の方に混じってバスでのんびり移動しました。バスってのんびり風景が楽しめていいですね。下調べ一切なしで行った北谷、着いてびっくり！　ここはハワイ⁉　思いきり海外のリゾート感満載でびっくりしました。

ビーチウォークに並ぶ多様なレストラン、米国人が多いせいか、タコス、シュラスコ食べ放題に、ヴィーガンレストランまで！　暖かいので、少しぐらい曇っていても散歩しただけで心も体も緩みます。那覇とはまったく違うリ

リゾート感満載の美浜のアメリカンビレッジ。

ゾート地。夜は街中、綺麗にライトアップされて、まるでディズニーランドのようでした。宿泊したラ・ジェント・ホテル沖縄北谷（La'gent Hotel Okinawa Chatan）は、スタッフもお部屋も素晴らしく、たまたまバリアフリーのお部屋でしたが、広々として使いやすく、バスルームの手すりなど、ちょっと飲みすぎて帰っても安心なつくり。パラリンピックの選手宿泊施設もこんなふうなら、パラリンピック後も高齢者の利用を含め、快適な住まいやホテルになるのになぁと思いました。レストランでテイクアウトしたチーズバーガーとオリオンビールを部屋でのんびりいただき、早めに就寝。

次の日、チェックアウト後にもう一度あたりを散歩しようと外に出て、すぐに見つけたのが天然酵母使用のパン屋「ザ・テラスベーカリー」。店内でパン選びに迷っていたら試食に出されたチョコクロがすごく美味しい。奥にあるレストランで15時半まではイートイン可能とのことで、海が見える窓際の特等席でいただき、リゾート気分を満喫しました。カフェオレとで700円ちょっとの贅沢です。その後、少し海辺を散歩してコザへ移動。

旅の移動は〝ハーフ・タクシー〟

北谷・美浜からコザへの移動はバスでも行けたのですが、本数も少ないため、ここはタクシーで移動。沖縄はタクシーアプリDiDi（ディディ）が使えるから便利です。

コザは定宿にしているデイゴホテル（なんと大浴場付き）に早めにチェックインできたので、荷物を起き、コザの街へ。友人の英里子さんがインスタにあげていてかなり気になっていたので、プラザハウスショッピングセンター内にできた「ロージャース フードマーケット（Roger's FOOD MARKET）」を早速チェック。

日曜日でバスの時間がかなり怪しかったので、ホテルからロージャースへはタクシーで移動です。日曜・祝日の沖縄バス移動は気をつけたほうが！　催し物などでルートが変わっていたり、路線がキャンセルになっていたりすることがあって、グーグル先生もあてになりません。

旅で困るのは移動手段です。たとえ免許を持っていても、知らない土地で運転するのはちょっと大変、という方もいらっしゃいますよね。一人旅ならなおさらです（あと、私のようにお酒を嗜む方も）。私は、タクシーを使ったり、時間のあるときはバスを使ったりと、懐にも体にもやさしい、〝ハーフ・タクシー〟を心がけています。

さて、ロージャースですが、まあ東京で言ったら紀ノ国屋？　かなりスノッブでおしゃれです。ビオのワインも普通に置いてありました。さらに店内を回ってみると、沖縄野菜コーナーが！　早速オーガニック人参をゲット。

旅の楽しみは地産地消。オーガニック人参＆オリジナルポーチ。お土産にもぴったりです。

チーズコーナーには地元産のチーズもありました。やはり旅の楽しみは地産地消ですね。オリジナルのポーチも可愛かったです。ちょっとしたお土産にぴったりかも。

その後のランチはかなり迷ったのですが、帰り道にある行きつけの「ステーキハウス四季」にしました。シェフが対面でステーキを焼いてくれるレストランですが、ランチだと、ステーキにサラダ、スープ、焼き野菜、ご飯かパン（私は追加料金を払ってガーリックライスにしてもらいます）にビールで3000円ちょっと。お一人様の方も多く、オススメです。もし食べきれなかったら裏技で「ドギーバッグをお願いします」と言えばお持ち帰りも可能です。

「油味噌」はオキナワンのソウルフード

那覇では知人とお茶をしたり、お買い物をしたり。沖縄は、あまり知られていませんが、味噌が有名なんです。

私も宮古島生まれの友人から聞くまで知らなかったのですが、沖縄と言えば「味噌文化」なんだそうです。確かに〝おばあ〟がやっている定食屋で定食を頼むと、巨大な味噌汁がついてくるし、一人あたりの鰹節消費量が全国1位なのも納得。

那覇在住のクールなブルースマン（ほぼ同い年）が連れて行ってくれたのも「味噌めし

や まるたま」。ここの紅豚味噌しょうが焼き定食、絶品でした。豚肉、玉ねぎ、味噌&生姜だけで、なんでこんなに美味しいの？ 首里で昔からやっている老舗味噌蔵・玉那覇(たまなは)味噌醤油の味噌を使っていて、玉那覇味噌醤油の社長の甥っ子さんが始めた店だそう。沖縄の焼物・やちむん使いも素敵で、タクシーに乗ってでも是非。

味噌と言えば、那覇では、定宿にしている「ホテルオーシャン 那覇国際通り」（宿泊客はロビーの泡盛24時間飲み放題のかなり危険なホテル）の近くのサンエースーパーで、宮古島の味噌も発見して購入。「油味噌」のカツオ味は、ロージャースで買った人参にぴったり、おにぎりに入れても美味です。「油味噌」は〝オキナワン〟のソウルフードだそうです。

また、別の地元お友だちがお茶に連れて行ってくれたのが、食べられるお花・エディブルフラワーをあしらったインスタ映え（笑）する素敵なお茶を出す「DAISY（デイジー）」です。見た目だけでなく味もよく、一気に乙女な気持ちになりました。

夜ですが、いつも行っていた牧志(まきし)駅の、お一人様しゃぶしゃぶコースがあったお店が閉店してしまい、国際通りをさまよっていたら見つけました。お一人様ＯＫのいわゆる「せんべろ」です。美味しい焼肉とドリンク2杯で1000

スーパーで宮古島の味噌や油味噌を買いました。

円！　私はこれに和牛切り落とし一皿をプラスして、2000円弱でお一人様焼肉ディナーにしました。飲まない人はソフトドリンクもOKですし、お店の人の感じもよかったです。

ひとり旅と言っても、毎年訪れるうちにできた地元のお友だちにいろいろ案内してもらえる私は幸せ者ですね。

［おまけ］ユニクロのウルトラライトダウンの収納バッグ紛失問題

ウルトラライトダウンの収納バッグをうっかりなくしてしまうのは私だけでしょうか？　そんなうっかり者の私ですが、先日ユニクロのウェブ通販ページを見ていて発見したのがこれ！　通販限定ですが、なんと収納袋だけ、大・中・小、各190円（税別）で販売しているのです。これだけ買うために送料480円かかってもかまわない！　と、大と小を購入しました。よかった、よかった（笑）。

2020年現在も販売中。

第4章
令和のニューノーマル

おうちで過ごす楽しみ
時代の流れに溺れないで生き抜く還暦の日々

近所のスーパーで購入した850円の黄色い蘭の花。もうこうなったら、予算3000円くらいで家の植物をリニューアルしちゃう。

蘭と、メダカと、春の読書

単行本が出ている頃には、どうなっているのか予想もつきませんが、今、令和2年の春3月、世界中の人々が新型コロナウイルス感染の拡大で大変な日々を送っていると思います。私もその一人、かなり影響を受けました。令和に年号が変わったときには、まさかこんな時代がやってくるとは！　思ってもいませんでした。還暦を過ぎても、いつも通りにライブに行き、週末には友人と楽しく食事、気ままに旅行して、ヨガクラスに通う。こんな日々の日常が「自粛要請」によってすべてなくなってしまったのです。

自粛解除後も、いきなり外出しまくる気にはきっとなれない私。まだ、家にこもっていらっしゃる方も多いと思いますので、私のおうちでの過ごし方や、人生を少し振り返って書いてみようと思います。

3月と言えば、寒さも和らぎ、春の訪れの足音が聞こえるウキウキの季節！　なはずでしたが、まさかの今回のコロナ騒ぎ……。春のファッションの立ち上がりの季節でもあり、本来ならトークショー、ファッションショー、イベント、パーティーなど、心躍る催し物が目白押しな日々のはずでした。それが、コロナウイルスの感染予防策のために、ほとんど全部キャンセル。3月に予定されていた東京コレクションのランウェイショーもすべてキャンセルです。私のトークショーイベントも中止や延期になりました。楽しみにしていてくださったみなさま、本当に申し訳ありません。

急にスケジュールが空き、時間ができたところで、「では、歌舞伎でも観に行こうか？美術館も行きたいな」と思ったところで、人が集まる場所はすべて休演だったり休館だったり。まったく、人生上手くいかないものです。

そこで、おうちでできる楽しみをいくつか考えてみました。

1 窓辺やベランダの植物の手入れ

学生時代、友人に「グリーンフィンガー」というあだ名をもらったくらい植物の手入れには自信があった私ですが、コロナウイルス騒動によるリスケジュール続きで気も動転し、ベランダの植物の面倒をしばらく怠っていたのです。

やっと、もろもろ落ち着き、植物と向き合ってみたところ、さあ、大変。蘭1鉢と、ミント1鉢が枯れていたのです。もう大ショック！

植物は正直なもので、ちょっと構ってあげないとヘソを曲げて枯れてしまいます。水をやり過ぎたり、忘れていたり……。それも、目に見えない速度で徐々に弱り、気がついたときには枯れている。私は、植物の状態と、自分の心身の状態はシンクロしているように思います。

気を取り直して、枯れてしまった鉢を処分し、スーパーの店先で買った新しい黄色い蘭を補充しました。そして金運アップを狙って西の窓際におきました（笑）。それが144ページの写真です。さらにベランダも掃除して、メダカの鉢を綺麗にしました。

コロナ前は外を飛び回ってばかりでした。そんな私に必要なのは、こんな時間だったのかもしれません。メダカは知らないうちに世代交替をしていて、小さめの若いメダカがメインに。水草には卵らしいものも。

2 積読（ツンドク）だった本に取り掛かる

買ったり、頂いたり、お借りしていた本が、ベッドの横やソファーのサイドテールに積みっぱなしになっていました。若い頃はあんなに本好きだった私なのに、iPhoneやMacの画面ばかり見ていたこの数年。とくにここ何ヶ月かは外に出る仕事が多く、不思議なもので、自分で原稿を書いたり考えたりしているときは他の方の著書は読めない私。

でも、今月予定していた仕事がキャンセルや延期になってしまい、急に外に出る仕事をあまりしなくてもよい時間が増えました。で、この際だからあらためて本を読み出そうと思いました。

読み出して思ったこと。やっぱり本って面白い！　写真の本たち、ジャンルもバラバラなのですが、それぞれ個性的。

『音楽家　村井邦彦の時代』（松木直也著、河出書房新社）は、ユーミン（荒井由実）やはっぴいえんどなど、私の青春時代に活躍した日本のアーティストのプロデューサー、村井さんの話。読み進めるにしたがって、10代の頃のいろいろな思い出が蘇りました。友人の旦那さまナベチンからずっとお借りしていたので、コレでやっとお返しできます（笑）。

辛酸なめ子さんの『おしゃ修行』（双葉社）は、もう、頷きっぱなしで一晩で読み切りました。江原啓之さんの『あなたが危ない！』（ホーム社）は、

左から、『音楽家　村井邦彦の時代』『おしゃ修行』『しいたけ.の部屋　ドアの外から幸せな予感を呼び込もう』、『我が家の問題』『すぐ死ぬんだから』『あなたが危ない！　不幸から逃げろ！』。

内容が今の時代を言い当て過ぎていて、怖くてなかなか読み進められません。

その他、まだ読み始めていない本もありますが、「しいたけ占い」のしいたけ．さんの本『しいたけ．の部屋』（KADOKAWA）は、夜寝る前に1章ずつ読み進めていますし、読書熱がまた燃え上がった今、「読書の春」到来で、しばらく読書を続けたいと思います。

ファッション下克上と人生のふしぎ　同窓会で考えたこと

まだコロナが世界に広がっていなかった1月、中等部の同窓会に行ってきました。集まったのは全員還暦です！　なかには44年ぶりに会う友だちもいて、中学生のときの面影そのままに大人になった人や、首から下げた名札を見ないと誰だかわからない人まで。

そこでちょっと気づいたのは、若い頃から可愛くて、今も素敵な大人になっていた友だちも多かったのですが、学生時代、わりと地味めだった女子が個性的で素敵になっていたこと。もう、還暦にもなるとファッション下克上？

よく、30歳までの容姿は親から頂いたもので、それ以降は自分の生きてきた姿と言いますが、まさにその通りだと実感しました。

私は中等部から高等部に進んだものの、ちょっとした事情で、高等部2年生からは御茶の水にあった文化学院に転校したため、それ以来、中等部の仲間とはすっかり疎遠になっていました。その後、文化学院の美術科に進み、スタイリストになり、今の私があるわけです。あのまま中等部の同級生とともに大学まで進んでいたらどうなっていたかと、今でも時々考えていました。

数年前に偶然、中等部時代の友人とフェイスブックでつながり、今回の還暦を祝う親睦同窓会にも誘って頂けました。半世紀近く経って会った同級生に、あの頃のように「イッコ！！！」と呼びかけられ、ジーンときてちょっと涙ぐみました。それぞれ、親元を離れ、結婚したりして住所や名前も変わり、以前だったら同級生全員の連絡先をさがすのは大変だったと思います。フェイスブックでまた、つながれたなんて21世紀らしいエピソードですよね。

少し前に同窓会に行ってきました。44年ぶりに再会した友だちも。

同窓会にはエクラプレミアム(éclat premium)通販で作って頂いたジャケットとインナー、パンツのセットアップで出席しました。かなりコンサババージョンの私、やればできるBBA？ インナーと共素材のパンツは今、絶賛発売中です(笑)。

自分を整える

心の浮き輪を見つけよう

それでも春はやって来て、今年も桜が咲きました!

心地よい「香り」で自分を整える

思えば、2011年の東日本大震災以来、台風や地震、今までにない規模の集中豪雨など、私たちはさまざまな自然の災厄に見舞われてきました。天災といってもここ数年、以前より激しさを増している気がします。なかには、原発のメルトダウンなどの「人災」と呼んでもいいようなものもありました。

度重なる政治的な不祥事、近隣の国の政情不安なども、「日本は島国だけれど、はたして、平和なままでいられるのか?」と、私たちを穏やかならざる気持ちにさせています。

私たちは、今、いつになく激しい荒波のなかにいるような気がします。新型コロナウイルスの拡大は荒れくるう海のようで、自分ではどうしようもできないことがあると感じました。「自分をしっかり持って明るく生きる」という考えもめげそうな雰囲気です。

でも、荒れた海に放り出されたとき、無駄に足掻いても溺れるだけ。こんなときは、「浮くもの」「浮き輪」につかまって、体力・気力を温存して、嵐が過ぎ去るのを待つのが得策ではないでしょうか？

いまできるのは、何か心の頼りになること、言ってみれば「浮き輪」を見つけて、自分を整えること。周りの状況を予測したり、コントロールすることはできませんが、せめて自分自身の心身を少しずつ整えておきたい。こうした時期、気持ちを上げるのは難しいので、整えようと考えるようにしています。

私にとって、「心の浮き輪」の一つが香り。で、家の香りを一新しました。家のなかにいることが多いので、プライベート空間は、好きな香りで過ごしたい。

香りというのは人それぞれ好みが違うもの。私が快く感じる香りも、人によっては不快にしか感じられないかもしれませんし、その反対のことも

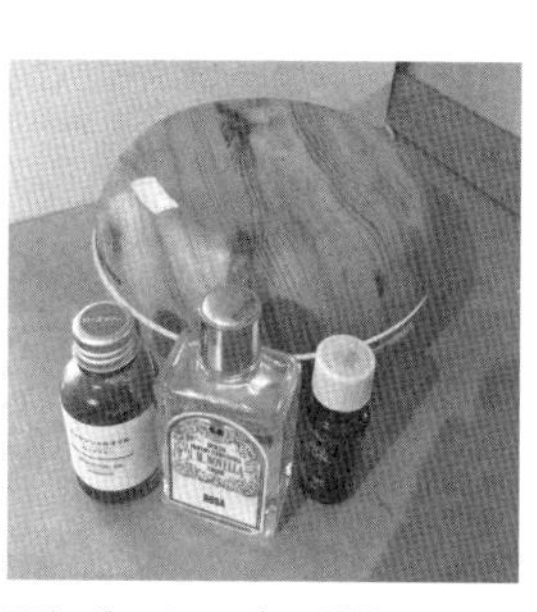

リビングにはアマゾンで購入したウッド調のアロマディフューザー。無印良品のアロマオイル・ローズマリーや、ユーカリなど、スッキリ爽やか系を。ロマンチックな気分になりたい時はサンタ・マリア・ノヴェッラのローズを使います。

起こりうるかもしれません。最近問題になっている「香害」もそうです。

でも、家のなかはプライベート空間。思いきり好きな香りを楽しめます。空間の香りって不思議なもので、たとえば、ラグジュアリーホテルのラウンジやスパには独特な香りがありますよね。同じような香りを嗅ぐだけで、そこに戻ったような感覚になりませんか？ラベンダーの香りを嗅いだことで、時を自由に行き来できる能力を持つ少女の小説『時をかける少女』（筒井康隆著）みたいに。「時をかけるおばさん」ですね（笑）。

良い香りとは逆に、お掃除をサボったときの、ちょっとホコリっぽい匂いや、自分が苦手な場所の匂いはネガティブな気持ちになるので要注意。心の重りになりますから。

お手洗いはラグジュアリーエステの香り。以前プレゼントでいただいて、すっかり忘れていたものを設置。SHIROのルームフレグランス。

服も、人生も、7、8割でいい

前にも書きましたが、私のイベントも令和2年の3月に入るとキャンセルが相次ぎ、どうなってしまうのだろうと不安ばかりが膨らみました。

ふと思ったのは、私って、自分が思っていた以上に、仕事が好きだったのだなということとでした。

仕事がコロナでキャンセルになって時間ができ、好きなこと——音楽を聴いたりヨガをしたり、Netflixなどで映画を観まくっても、なぜか虚しい。毎日忙しく働いていたから楽しめていたのですね。40年働いてきて、気づくのが遅いですが（笑）、できなくなって初めてわかることってありますよね。それから、いくら好きなことでも、毎日、毎日100%、10割欲張っていては面白くない。楽しめない。

春はイベントやパーティーの季節、それに備えて2月からネイルに行ったり髪を切りにいったり、トークショーで着る服も何セットか、私にしては用意周到に準備してきました。で、9本すべてキャンセルか延期になりました。

それで、以前、『おしゃれは7、8割でいい』（光文社）という本を出しましたが、今、読み返してみて、「これっておしゃれだけじゃなくて、人生も同じじゃない？」と思ったのです。いまは10割備えても、不測の事態が生じたり、何が起こるかわからない。自分の意思とは関係なく事態は変わる。だったら10割ではなく、7〜8割くらい準備して、お金・気持ちともに余裕を残す。完璧を目指しても完璧にならない。手を抜くというのではなく、余裕を残すのが、いまの時代を生き残る術かもしれません。

もうこれからどんな時代になるかわかりません。一ヶ月、二ヶ月先のことだって。だからおしゃれも人生も10割完璧に備えず7、8割くらいで余力を残しておいたほうが良い時代になってきたと思いました。

「ざわちん」気分で、いまこそアイメイク！

さて、大変な状況ではありますが、桜も咲き、春らしい気分になりたいものです。マスクをされる方は、マスクでホウレイ線やシミが隠せるいま、ざわちん並みにいろいろと変身できるチャンス！

せっかく買った新色リップはマスクで隠れてしまうのでかわいそうですが、この際、いつもより気合いをいれてアイメイクをしてみてはいかがでしょうか。

マスク美人のポイントは、眉とアイシャドウ。眉は、ちょっと薄いかな？　くらいのソフトな色で太めに描きます。私はボビイ ブラウンのブラシ付きのアイブロウペンシルと、マジョマジョ（マジョリカ マジョルカ）のものを愛用中。

アイシャドウは、第2章でもとりあげましたが、私のヘビロテは、AUBE（オーブ）の「ブラシひと塗りシャドウN」です。今回は春らしく、オレンジ系のベースクリームがセットされた16番にしてみました。ナチュラルなブラウンの11番、14番も相変わらずヘビロテしてます。

で、最後の秘密兵器がアディクションのシャドウクリーム。眉頭から鼻筋に薄く伸ばして欧米人顔に仕上げてみました。ノーズシャドウを入れることによって、平面的な顔も私も憧れの立体的な顔に仕上がります。

大人女子の悩み、顔の下半身の下降（by山本浩未先生）をマスクで隠せます。しばし、「マスク美人」メイクをお楽しみください。

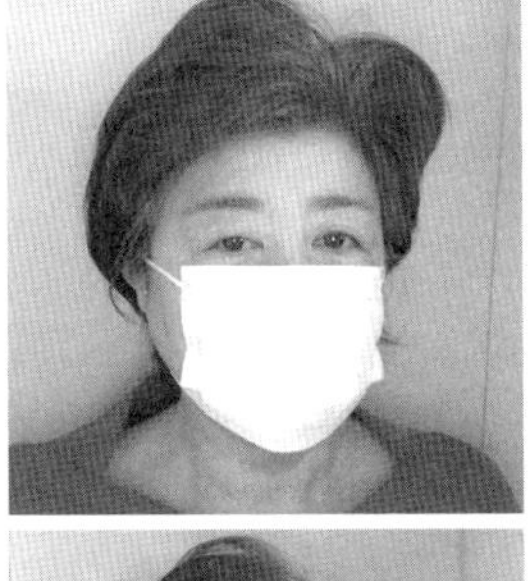

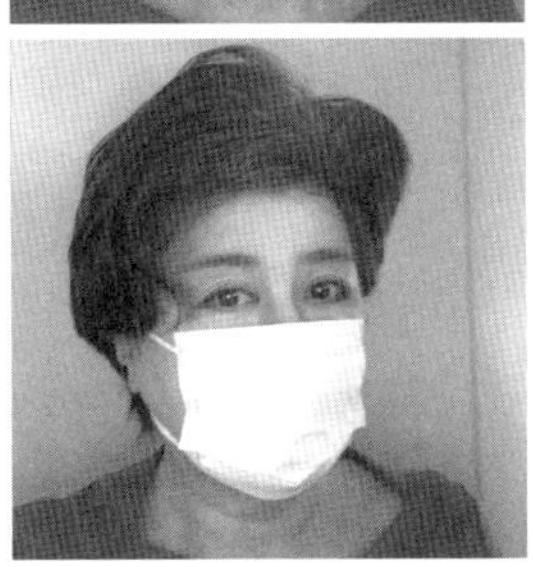

眉とアイシャドウで、「マスク美人」メイクの出来上がり。コロナ鬱でぼんやりした目元もばっちり。

以前だったらちょっとヤバイ人と思われていたかもしれない黒ウレタンマスクも、いまなら許される？　どうせならライダースに、強めアイラインでコーディネート（笑）。

今はネガティブ上等！

Stay at home, Stay safe

「コロナの馬鹿!!」親知らず激痛事件

2020年5月も家にいる日々が続いています。

新型コロナウイルスに感染された方々の一刻も早いご快復と、お亡くなりになられた方々のご冥福をお祈りします。また、大変な事態のなか、働いてくださっている医療関係者の方々、スーパーの方々などに、深い感謝をささげます。

東京は緊急事態宣言が出され、自粛生活が始まっています。私事ですが、3月末に親知らずに激痛が走り、痛すぎて夜眠れないほどの状態に。幸い、知り合いの歯科医と連絡が

ほとんど人がいない隅田川沿いテラス。先に見える橋は朝のテレビによく映る勝鬨橋。車の数もお正月並みです。

とれ、「普段は問題のない親知らずの周囲が炎症、多分ストレスで弱いところができて感染したのでは？」とのことでした。

ストレスってコロナストレス⁉ 1日4回、抗生物質とロキソニンを飲むように言い渡され、自宅静養。痛いし腫れているし、もちろんお酒なんてもってのほかだしで、5日間引きこもっていました。

痛すぎて原稿も書く気になれず、よかったことと言えば、あまり食べられないので1・5キロ痩せたことと、顔が腫れて、ホウレイ線が目立たなくなったことくらい（笑）。

今は何とか回復してこの原稿を書けるくらいになりました。そのときに思ったのですが、同じ引きこもり生活を送るのでも、やはり健康が大切。家のなかなので限りはありますが、せめて美味しいもの、身体にいいものを食べたいと思うのも、それも健康だからこそ！

まだ特効薬が開発されていない新型コロナウイルス、私たちにできることは、身体の調子を整えて、免疫力を上げること。そして、こまめな手洗い。マスクをする。必要なく人混みに行かない。そんなことくらいしかありません。

免疫力を上げるためにいいものは……、ヨーグルトや納豆、ビタミンなど、栄養学的にはいろいろ言われていますが、最近思うのは、自分の身体が欲しているものこそ、いちばんいいのではないかということです。

人の身体はそれぞれ。ヨーグルトが合う人もいるし、納豆が合う人もいます。自分が今、食べたいと思うものが、身体が必要としているものかもしれません。もちろん、偏りすぎてはいけませんが。

医者から処方された抗生物質を大量に服用しているとき、なぜかヤクルトを無性に飲みたくなり、深夜にお客さんがいないコンビニに買いに行き、飲みまくりました。

後からネットで抗生物質の副作用を調べたら、あるサイトに、抗生物質は良い菌まで殺すことがあるので、腸内環境を整えるためにも乳酸菌をとることはよいとありました。凄いぞ、私の身体！　的確な欲望だったのかもしれません。さらにその前に、ビタミンC摂取が免疫力を上げる？　の噂も聞き、普段はあまり食べないイチゴを一パック、一気に食べたりしていて。まあ、気休めかもしれませんがね。

在宅ワークのコツ　「自由は不自由」だからこそ、すべきこと

というわけで、みなさんより早くStay at home生活に入っていた私ですが、在宅ワークをしていて気がついたこと。それは、家のなかだと思って、メイクもせず、ブラさえしない、そんな、だれた格好を続けると、作業能率も落ちるし、何よりもブスになります！　実際、そんな生活をして、浦島太郎が玉手箱を開けたようにあっという間にお婆さんと化してしまった私が言うのですから、本当です。

対処法として。外出の予定がなくても、できれば朝シャワーを浴び、軽くストレッチをして陽を浴びる。働く時間を決めてそのときだけ集中。とはいっても自発的にスケジュールを組み守るのは大変。

自由は不自由です。

他人のためではなく、自分のためにメイクする。少なくとも眉くらいは描く。

たまに友だちと、たとえばLINEのビデオ通話機能（スマホだと最大6人まで同時に表示可能）でおしゃべりをする。そのとき、面倒くさいからと表示機能をOFFにしがちですが、ちゃんとONにする。と、ちゃんとメイクするし、お部屋も片付けられます。

以上、私の経験による在宅ワークのコツでした。

「人生の失敗や困難は財産です」なんて言っていられない

思い返せば、人生のピンチ、人生の荒波を、何回も何回も乗り切ってきました。

ニューヨークのワールドトレードセンターが崩壊した9・11テロのときは、撮影でマンハッタンにい

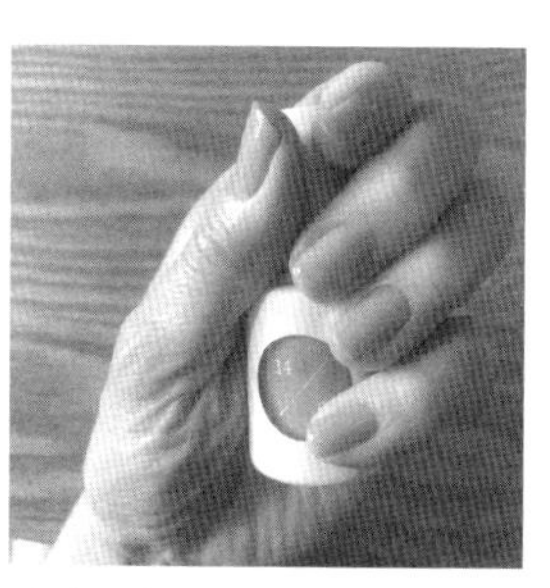

uka（ウカ）のカラーベースコート14/0を二度塗りしました。一日中見る手元ですから、浮かれすぎない春の新色で、ちょっと在宅ワークがはかどります。

て、マンハッタンが1週間閉鎖孤立する体験もしましたし、ハリケーン・イニキがハワイを襲ったときはホノルルにいて、高台にある小学校に避難したこともありました。

今思い起こせばよい経験ですが、その当時はそんなことはまったく考えられませんでした。不安と恐怖で心が負けそうでした。

新型コロナウイルスが世界的に蔓延している今の状態はまさにそれ、いや、それ以上の気持ちです。何しろ日本だけではなく、世界中ですから。

地球全体が天中殺になっているような感じです。

ポジティブになんかなれません。実際、ストレスで普段はおとなしい口内の細菌が暴れ出し、親知らずが激痛になりました。

では、どうしたらいいのでしょう？　今はそういうときだと考え、無理にポジティブにならない。ネガティブ上等。でも、あまり落ち込みすぎると浮上できなくなりますから、まず、自分のご機嫌をとることです。

「自分を整える　心の浮き輪を見つけよう」でも書いたように、好きな香りに包まれる。誰にも会わないかもしれないけれど、ネイルをしてみる。頻繁に手を洗うのでハンドクリ

ベランダに咲いたチューリップの原種。去年植えて忘れていた球根から自然に?(笑)生えていました。福井のロックンローラー・Kimmyにもらったミニミニ花瓶、ヘビロテ中です。

ームを丁寧に塗る。庭やベランダで育てた花を部屋に飾る。など、まず自分のご機嫌をとることをオススメします。

あと、先週私は冬物ニットやパンツを18枚くらい洗濯しまくりました。ネットに入れて、おうちクリーニングコースで、専用洗剤で。

回れ洗濯機!

凄くスッキリしました。

こんな状況になると、自分の人生に必要なものと要らないものがはっきりするようになるかもしれません。服を整理するだけではなく、人間関係も整理してもよいかもしれません。

今LINE電話で話してみたいのは誰ですか?

一刻も早いコロナ終息を願って。

[おまけ] モーツァルトを聴いて現実逃避もいいものです

コロナ情報は気になりますが、テレビやSNSなどでずっと情報を確認していると、気が滅入ります。たまには外部からの情報を最小限にして、音楽を聴いたり、小説を読んだりと、現実逃避の時間も大切だと思います。

私は、テレビを消してスマホもしまい、一日中モーツァルトを聴いて、現実逃避しながら洗濯機を回し続けました（笑）。

ザ・ローリング・ストーンズの「Living In A Ghost Town」を聴きながら

こんな世界に生きる私たち

撮影準備や入稿もリモートで。

お子様参加に眼鏡っ子、リモート会議 こんな生活を送っています

他の道府県の現状はわかりませんが、2020年春、過密都市東京のど真ん中に住んでいる私は相変わらずのおこもり自粛生活中で、すくなくともゴールデンウィーク明けまではこの生活が続くと思います。

この数週間、家から出かけたのは、どうしてもゴールデンウィーク明けでは間に合わなくなるスタジオ撮影1回を除いて、週2~3回行った近所のスーパーと、その道すがらにある、マンション下のひと気のない隅田川沿いぐらい。代わり映えのない日々でも、小さな変化はあります。そんな小さな変化を書いてみたいと思います。

まず、4月になって変わったことは、対面（実際似合うこと）での打ち合わせがまったくなくなったこと。打ち合わせはすべてLINEやメールでやりとりし、会議もZoomアプリで。ビデオカメラをオンにするときは久々にメイクをしてみました。

お子様がいる編集者の方は、たまにお子様が会議に参加してきたりして大変だけど面白く、なごみました。いつもと違うアイディアも出ます。目を触ることでの感染を恐れてか、おうちだから油断しているのか、ほとんどの参加者が眼鏡っ子なのも面白いです。

本当に締め切りギリギリで、これだけは不要不急ではないと判断して行ったスタジオ撮影もスタッフの人数を最小限に絞り、私とカメラマン、そしてカメラマンアシスタントの3名だけ。編集者たちとはLINEで会話、写真確認でやりとり。撮影中は私も離れ、スタジオ隣りの窓を開け放った別室でリモート撮影確認、編集者とLINE会議していました。除菌グッズもバッチリ。家から水筒持参、ランチも各自離れていただきました。途中、おやつにアイスクリームをUber Eatsで取り寄せてもらって気分転換もできました（もちろん玄関前に置いてもらいました）。

Uber Eatsで取り寄せていただいたアイスクリームで気分転換しながら。

おうちごはんもテイクアウトごはんも

ずっと家にこもり、気がついたら唯一の楽しみはスーパーに行ったりお取り寄せをしたりすることで、冷蔵庫と冷凍庫が食材でいっぱいになっていました。ちょっと買いすぎてしまったのです。もはや私の楽しみは食欲だけ？（笑）

考えたら、お料理するのは好きなのですが、今まで忙しさにかまけていたのと面倒くさいのもあって、かなり外食に頼った生活でした。仕事でちょっと遅くなるとついつい帰り道に何か食べて帰ってしまう。でも、料理は好きだから、スーパーで保存食品や冷凍食品を買い溜めてしまう……。外出自粛の今こそ悔い改めて、忘れていたかわいそうな食品たちを救い出すよい機会だと一念発起しました。

ある日のランチには、冷凍庫に眠っていた無印良品の冷凍ワンタンを使ってワンタン麺。夜は、ふるさと納税で取り寄せたものの同じく冷凍庫の待機仲間入りをしていた和牛切り落としと、スーパーで目が合ってしまい購入した新じゃがを使って肉じゃがを。

その翌日の朝には、野菜室在庫整理で野菜サンド。夜は、

冷凍庫に眠っていた食材を使ったワンタン麺と、最初の日の肉じゃが。

前日の肉じゃがにカレー粉を入れて、和風スープカレーに。出汁味がきいたお蕎麦屋さんのカレーみたいで、なかなか美味しかったです！

が！　ついに自炊に飽きる日が。

ちょうどその頃、ユーミンさまがツイッターで「自分の味に飽きました」とテイクアウトデリバリーをとった写真をあげられていて、「あの料理自慢のユーミンさまでさえ！」と思い、その日の晩は、家から徒歩1分の行きつけの立ち飲み日本酒居酒屋で2000円のテイクアウトを奮発しました。

フェイスブックの中央区のコミュニティ情報交換ページで、そのお店がテイクアウトを始めたことをチェックし、かなり気になっていたのですが、節約ムードにハマっていたので自粛していたのです。

でもユーミンさまに背中を押されテイクアウト解禁！　2000円でちょっと贅沢かなと思いましたが、帰宅してお皿に盛ってみたら超豪華！　お刺身やホタルイカなど個々に買ったらこの値段ではとても収まりません。引きこもり生活のなか、たまにはこんな贅沢もアリかな？　と思いました。

翌日からは、また自炊生活に戻り、パンまで焼いてしまいました。まあこうしてバラン

テイクアウト解禁！　たまにはこんな贅沢もアリですよね。

スとればいいですよね。

みんなが何かを焼き始めている！

インスタグラムやツイッターを見ていて思ったのですが、私の周りの人たち、みなさん何か焼いている！　パンとかケーキとか。

特にバナナブレッドは流行りなの？　と思うくらいみなさんハマっていて、私もつい夜中に焼いてしまいました。

クックパッドで見つけたレシピなのですが、熟したバナナ2本と卵1個をボールに入れてフォークでよく潰して、そこにホットケーキミックスを150グラム入れ、混ぜて型に流し込む。180度に温めておいたオーブンで20分くらい焼くと完成の、超簡単バナナブレッドでした。一度に食べきれないときはスライスしてからジッパー付きバッグに入れて冷凍すると、1～2週間は美味しくいただけます。

焼くと気持ちが落ち着く？　冷凍して30秒チンしたバナナブレッド。

私にとってのニューノーマルとは？

時間をかけること、お金をかけることを見直す

夏用のお気に入りのベッドリネンはZARA HOMEや無印良品で。

「アフターコロナ」を考えてみる

緊急事態宣言が続々と解除されていくなか、私の暮らす東京下町は、まだ自粛生活が続いています（2020年5月18日現在）。そんな生活のなかでも、少しずつ、今後の生活を考えるようになってきました。

自粛生活といっても、ロンドンやパリ、ニューヨークのように、ロックダウン（完全な都市封鎖状態）ではないわけですが、今までの日常よりはかなり不自由な生活。その甲斐あってか、東京も日々感染者が減ってきているようです。

いつもより制限のかかった暮らしをして、考えました。制限はあるぶん、家で時間は有り余る。仕事をするにしても、リモート会議などで、仕事場へ行く往復の時間はかかりません。でも、長い長い夏休みのように有り余る時間があっても、いやあるからこそ、「時間があってもできない、やりたくないこと」が、不思議なことに、出てきたように思うのです。

何に時間をかけるのか。何にお金をかけるのか。考えてしまいました。

自粛が少しずつ緩和され始めたとしても、私たちは、コロナ前と完全に同じ生活に戻れるのでしょうか？　戻れるにしても、長い時間が必要な気がします。特に旅行や観劇、娯楽、ライブなどは。人が集まったり、海外と交流が必要な文化も。

東京に暮らしているから、このように考えてしまうのかもしれません。でも今回のコロナは日本だけのことではなく、世界中で同時に起こっている問題なのです。

たまに行くのを楽しみにしていた佃にあるお気に入りの高級スーパーの輸入チーズの棚も、今は欠品が多い、他にも、輸入に原料を頼っていた商品も品切れ気味です。日本経済もインバウンドに頼っていた業種は厳しい状況です。

とはいえ、この状況下でも、必ずしも悲観ばかりしている必要もないのでは、と私は思っています。新しい覚悟をもつことで、新しい自分に出会うことができるからです。

「#newnomal（ニューノーマル）」というハッシュタグが、世界中のツイッターでトレンドワード入りしたように、新しい考え方、新しいやり方を考えるときなのかもしれません。

といっても、大げさなことではなく、私の場合、日常のささやかなことです。

たとえば、私は趣味でシーツなどベッドリネンを何枚も集めていましたが、こまめに洗濯をする生活を送っていると、こんなに要らなかったことに気づきました。

持て余すおうち時間で、ベッドリネンを全部引っ張り出してみました。すると結局、今お気に入りのリネン2セットしか使っていない。ここ数年、使っていないものが半分以上ありました。コロナ以前の、外出してばかりの忙しい日々では、頻繁に洗濯する暇もなかったし、所有している在庫を確認する余裕もありませんでした。それで、シーツもタオルもどんどん買い足して蓄積してしまっていた。

実際、シーツは1週間に1回替えて洗濯したとしても、朝洗えば夜には乾くし、春夏用2枚と冬物2枚あれば十分。

今さらながら「足るを知る」です。

料理を毎日するようになって、台所や冷蔵庫の食品在庫も見直しました。ショートパス

食器棚も整理して、お気に入りのものを普段使いに。Ron Herman（ロンハーマン）、IKEA（イケア）、Flying Tiger Copenhagen（フライングタイガー）など、買った場所も値段もまちまちです。

タの在庫にびっくりしながら、そして、わが家は、牛乳と卵とオリーブオイルとお酢がすごく減ることに気づきました。

逆に、賞味期限切れのスパイス（たとえば2013年4月賞味期限のシナモンパウダー）やハーブティーなどを大量に発見してゾッとしました。去年か一昨年くらいに買ったものだと思っていたのに……。しばらく竜宮城にでもいたのでしょうか？　私。深く反省しながらパントリーの整理をしています。

ちなみに、チーズ問題、私はこのように解決しました。簡単なことで、輸入チーズがなければ国産のチーズを食べればいい！　近所のスーパーで山積みになっていた花畑牧場の「ブラータ」。1つ400円くらいですが、驚くほど美味しい！　輸入品ブラータの3分の1くらいのお値段です。オリーブオイルとお塩をかけて、毎日ブラータ三昧しています。

今回の半強制的な引きこもり生活は、今までトップにギアを入れて最速で突き進んできた人生の気持ちとモノをリセットというか、再起動、リブートさせるために、私には必要な期間だったのかもしれません。

新型コロナウイルスがいつ終息するのかはまだわかりませんが、みなさんがそれぞれの「ニューノーマル」を考えてみるのもいいかもしれません。

本は忙しいほうが読める？

トークショーや撮影の仕事が次々とキャンセルになり、たくさんの時間ができました。こういうときだから本を読もう、と思って、はや1ヶ月。結局、数冊しか読めていません（笑）。私にとって読書は、忙しい日々のなかで、気持ちを落ち着けたり、熱くなった頭を整えたり、少し現実逃避したりするためにするもののようです。

これは、写経やヨガ、ストレッチにも言えることでした。新型コロナウイルスで心が殺伐としたとき、写経をしようと机に向かったのです。が、まったく進みませんでした。忙しいからこそできること、反対に、時間があるからこそできることがあるんですね。

買い物のついでにたまに家の近くを歩くと、今まで気づかなかった美しさに気づいたりもします。

映画館も動画配信も

映画の楽しみ方が変わりました&オススメ映画

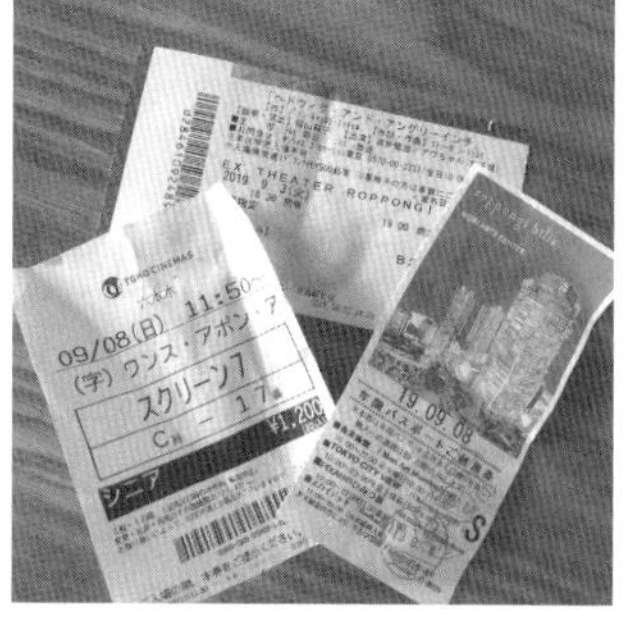

以前はよく通った映画館や美術館も、いまは事前予約などで密をさけて。

大スクリーンの魅力再確認

映画は映画館で観るのがいちばんですが、緊急事態宣言以来、映画館はどこも休館。早く完全に復活して、思い切り大きなスクリーンで映画を観たいものです。もっとも、コロナ前もすっかり出不精になっていた私は、映画といえども、ついアマゾンプライムやNetflixで済ませていました。昨年観た映画のことを少し思い出してみたいと思います。

とにかく暑過ぎた令和元年の夏、久々に映画館の大スクリーンで観たいと思う映画が封切られました。クエンティン・タランティーノ監督、レオナルド・ディカプリオとブラッド・ピットが豪華共演している話題の映画、『ワンス・アポン・ア・タイム・イン・ハリウッド』です。

これから動画配信などで観られる方も多いと思いますので、詳しい内容紹介は避けますが、とにかくこの映画、あのディカプリオ様とブラピ様（私たちの青春時代のアイドルでしたよね？）の二人が歳を隠さず、いい感じの中年二人組として登場。全盛期を過ぎたセレブの悲哀と友情が泣かせてくれます。使われている音楽も素晴らしい。前半から中盤をちょっと我慢すれば素晴らしいどんでん返しを楽しめます。

でもこの映画、2時間40分とちょっと長いので、ＢＢＡは、できるだけ座りやすいシートの映画館で観ることをオススメします。そしてなんと私は、映画館の冷房でお腹を冷やしたためか、ランチにビールを頂いたせいか、途中でトイレに立ってしまいました。幸いインターネットで出口側の端っこの席を取ることができたので、隣を気にせず席を立つことができたのです。

映画の途中で席を立つと、大事な場面を観逃すかもしれない……と不安になりますよね。私もそう思って、我慢したことがありました。でも、モヤモヤしながら観ていると、結局、ストーリーが頭に入ってこない。だったら、思い切ってトイレに行ってしまったほうが、いろんな意味ですっきりします。『ワンス・アポン・ア・タイム・イン・ハリウッド』は、後半、怒濤（どとう）の展開が待っていますので、物語の真ん中くらいまでにはトイレに行かれることをオススメします（笑）。

この映画『ワンス・アポン・ア・タイム・イン・ハリウッド』は今、アマゾンプライムで観ることができます。大スクリーンの迫力には負けますが、お家ですと、ビール飲み放題！　好きなところで停止できますから。いちいちお手洗いの心配もしなくてよいですものね？

還暦を過ぎた私は、シニア料金で映画が観られるようになりました。友人に「シニア料金で映画を観た！」と自慢げに話したところ、驚かれてしまいました。恥ずかしいのか、年齢を認めたくないのか、シニア料金を利用しない人もいるようですが、私は大いに利用させていただいています。

で、浮いたお金でビール♪（差額は約700円）。見栄よりも実をとるのが私流。気にされている方には、「シルバー料金で入っても、シルバーシートに座るわけではありませんから、（チケットを確認する映画館のスタッフ以外）誰も気づきませんよ」といいたい。

若い方にも、レディースデイや、映画館ごとのサービスデイなどがありますから、賢く利用して、映画を楽しみたいですね。もちろん映画の他にも演劇や美術館などで芸術の秋を楽しんでみてはいかがでしょうか？

2020年7月になり、映画館営業が規制付きで解除になり六本木の映画館に行ってきました。やはり大スクリーンって素敵。ただ、大きな映画館に、客は私を含めてたったの5人。大丈夫でしょうか？　映画館。

観逃したコアな映画も、昔の思い出映画も、動画配信で再チェック

古い映画を観直したくなったり、観逃した映画が急に観たくなったりすることってありますよね。

でもいまは、「Hulu」や「Netflix」、「アマゾンプライム・ビデオ」といった動画配信サービスがありますから、映画好きにはとてもありがたい時代です。

1982年公開の『ブレードランナー』は、2017年に続編が公開されましたよね（『ブレードランナー2049』）。で、1982年版をあらためて観直してみると、舞台は2019年。公開当時に観たときは、遥(はる)か彼方の未来だと思っていた21世紀。そこに、今私たちが生きているんだなと思うと、感慨深いものがあります。映画に登場するSF未来アイテムも、空を飛ぶ車以外、ほとんど実現化しました。人造人間のレプリカントでさえ、Alexa（アレクサ）やGoogle Home（グーグルホーム）が進化すれば、すぐに現実に現れそうです。

下手をすると、今、私たちが日常的に使っているアイテムのほうがすでに進んでいるところもあり、たとえば主人公が捜索に使うコンピューターの画面は、画素数の粗いなんともレトロなブラウン管みたいですし、当時から考えたら、私たちはＳＦの世界の「未来」に住んでいるんだなあと不思議な気持ちになります。きっとこれは20代や30代の若い人たちには理解できない感覚なのでしょうね。『ブレードランナー』は今、アマゾンプライムでファイナルカット版が観られます。

おしゃれを自任するなら必見！ のオススメ映画

昔なら名画座、今で言うミニシアター系の映画館で上映されるような「ヲタクな映画」もかなり好きなのですが、「気がついたら上映終了」とか、「近くの映画館に来ない！」で、観逃しちゃう今日この頃。時間の概念というかスケジュール感覚が曖昧なお年頃の私は、そんな「ヲタクな映画」も動画配信で探して観ています。

おしゃれを自任するなら必見、と言われるトム・フォードが監督した『シングルマン』をNetflixで見つけたときは狂喜しました！ GUCCIをはじめとするラグジュアリーブランドのデザイナーが監督したのですから、ストーリーというより、もう、おしゃれ空気感満載を堪能する映画。トム・フォードは現代のルキノ・ヴィスコンティと言えるのかもしれません。自宅でハイボールでも飲みながらの気楽な鑑賞ですから、あまり気分に合わなかったり、突然、お洗濯中なのを思い出したりしたら、気軽に中断できるのも配信メディアのいいところですね。

同じくNetflixでは、『シングルマン』とは対照的な映画ですが、気分を晴らしたいときに観るのにオススメなのが『クレイジー・リッチ！』です。本当のお金持ちとは？と考えさせられますが、それにしてもアジア人大富豪すごすぎる！そして最後にはちょっと泣けるストーリーとともに、セレブな世界ファッションも楽しめます。秋の夜長に是非！

『AJ&クイーン』と『モダン・ラブ』で気分をアップ！

Netflixオリジナルシリーズの『AJ&クイーン』にハマりました。

いま、何を観るか、けっこう悩みますよね？暗いシリアスな物語はダークサイドに持っていかれそうで、いまの私には無理だし、華やか過ぎるものも、現実逃避できるかもしれませんが空々しく虚しく感じてしまう私……。そんな私がハマったのが、『AJ&クイーン』。

ドラァグクイーンと10歳の少女が、キャンピングカーに乗り込み、全米を旅するロードムービー。ドラァグクイーンのルビー・レッド（ロバート）を演じるのは、ニューヨークの伝説のクイーン、ル・ポールです！

かなりシリアスなテーマでありながら、毎回披露されるルビーの艶(あで)やかなドラァグクイーン姿に気分が上がります。で、ドラァグクイーンやル・ポールの魅力に目覚めた貴方には、同じNetflixの「ル・ポールのドラァグ・レース」をオススメします！　シーズン11まであるので、ちょっと長いなと思う方は、シーズン5以降から観始めるといいみたいです。

自粛中は本を読んだりガーデニングしたりの日々ですが、そんな合間にチョッと観てハマったのが、アマゾンプライム・ビデオの『モダン・ラブ（Modern Love）』です。

NYを舞台に繰り広げられる1話30分のショートストーリーで、マンハッタンに暮らす大人の恋愛や日々の描写に、観ていてまったり、幸せな気持ちになれます。今のニューヨークの街並みやファッション、文化も知ることができますしね。アマゾンプライム会員は無料で視聴できるので、ぜひ。

これって予言？『コンテイジョン』、掃除が進む『365日のシンプルライフ』

Netflixで『コンテイジョン』を観よう！

2011年に作られた映画ですが「これって予言？」と思えるほど、今のコロナ禍の世界を描いています。冒頭、主人公の妻役のグウィネス・パルトローが咳をする場面からかなり怖いのですが、最後に救いはあります。私たちが家にこもる意味も理解できました。ぜひ。

アマゾンプライムで観られるフィンランド映画『365日のシンプルライフ』もおススメです。

一旦、部屋のものをすべて（もちろん衣類まで）倉庫に移し、毎日1点だけ持ち帰り、1年間何も買わないで暮らしてみるというドキュメンタリーです。何もなくなった部屋は美しく、物がない不便、反対に物が溢れて重荷になる不便さを考えさせられました。こういう時期に観るといろいろ考えてしまいますが、観たあと掃除が進みました。

ロマンチック不足のあなたに『愛の不時着』と、日々の生活原点回帰の『東京物語』

本は読めないけど、ドラマや映画は観られる私。Netflixで大人気の韓国ドラマ『愛の不時着』を観ました。最初は「えっ韓流？　趣味じゃない」って思っていたのですが、サブカル仲間の気の合う後輩に強力にすすめられて観出したらびっくり！　ストーリーはもちろん、ファッションや文化、ロマンスまで、もう、てんこ盛り！　こんなにのめり込むなんて自分でも意外でした。韓流といえば「冬ソナ」から「チャングム」で止まっていた私には強烈なドラマでした。

韓国の財閥令嬢・セリが、パラグライダーの事故によって、北朝鮮に不時着してしまう。そこで、北朝鮮のエリート将校・リ氏に出会う恋愛物語です。とにかく登場人物がカッコいい！　演技がうますぎるし。脇役のコメディ的な演技も面白い。インテリアもすばらしいし、ファッションも素敵です。韓国のドラマってこんなに進んでるの!?　韓国ドラマといえば宮廷ドラマ「チャングム」だった私には衝撃的でした。

もう、ロマンチックが止まりません！　人との関わりが、以前とは違ってきた今、ロマンチックも不足していませんか？　セリとリ氏がロマンチック大充電してくれますよ。

北朝鮮の素朴な生活と、韓国の最新ファッション、どちらもが描かれているのですが、不思議なことに、素朴な生活のほうに惹かれたりするんです。北朝鮮のことを悪者として描いていないところも新しい。リアルな北朝鮮の暮らしは、脱北者の方々から取材をしまくって作られたらしいです。

ちなみにNetflixの日本のオリジナルドラマといえば、蜷川実花監督の『FOLLOWERS（フォロワーズ）』がありますが、私は『愛の不時着』のほうが好みでした。

もうひとつ、最近始まったオリジナルドラマ『ハリウッド』もオススメです。ストーリーの流れで、とにかく美男が脱ぎまくる！　目の保養です。ＬＧＢＴや男女格差など、社会問題も描いていて面白い。続編を望みます。

最後に映画も。

家にいる時間が長く、丁寧な生活を送るようになった今、ふと思い出したのが小津安二郎監督の名作『東京物語』です（Hulu、あるいは、アマゾンプライム・ビデオのレンタルで観ることができます）。あのゆったりした昭和の時間の流れ方……。久々に『東京物語』を観返してみようと思っています。

コロナ以前は、映画のほかに、美術館や演劇にもすごく通っていました。年間パスポートを持っている六本木ヒルズの森美術館、映画と同じで、同じ展示を日にちを置いて二回観ると、一回目とはまた違ったことを発見したりして、深く鑑賞できます。去年でいえば、『バスキア展』(『バスキア展　メイド・イン・ジャパン』)が、ロンドンで見た『バスキア展』とどう違うかという楽しみ方も。

舞台では女王蜂のアヴちゃんが出ている『ヘドウィグ・アンド・アングリーインチ』。以前、別のキャストでこのロックミュージカルを何回か観ましたが、私的には2019年の舞台がベスト！　一番ロックしていたし、原作のストーリーや背景もよく表されていました。主演の浦井健治さん、アヴちゃんはもちろん、脚本、演出の方も素晴らしかったです。あまりに良かったから、東京千秋楽にもう一度観に行きました。

新しいマニキュアを開けるとき

小さな幸せと、アフターコロナの「再起動」に向けて

自粛生活中はつけなかった香水。VITAL MATERIAL×CINOH。ちょっと「禅」な感じが気に入ってます。

人のための香り、自分のための香りに気づく

私の住む東京も緊急事態宣言が解除され、少しずつ、普通の生活が戻ってきました。とはいえ、完全に戻るには、まだ時間がかかると思います。ここでは、自粛生活でわかったことを振り返りつつ、徐々に社会復帰するためにどうしたらいいかを考えてみたいと思います。

まず、自粛生活に入ってやらなくなったこと。

この2ヶ月、おしゃれやメイクをかなりさぼっていました。で、あらためて、おしゃれ

やメイクって何だろうと考えました。自分のためのメイクと、人のためのメイクって違うんですね。

それから気づいたのは、部屋でアロマディフューザーは使うけれど、香水系はつけていなかったことです。先日、久々のリアル対面打ち合わせに出かけるとき、ほとんど2ヶ月ぶりに、膝の裏あたりにひと吹き、オーデコロンをつけました。香りにもおうち仕様と対人仕様があると実感しました。

アフターコロナ、初の打ち合わせの足元は手堅くTeva（テバ）のサンダルにしました。ちょっとスーパーに行っただけで、ヨロヨロしてしまう、軟弱な身体になっていたからです。Tevaの公式サイトから通販して5000円くらい。歩きやすくて滑りにくい、すぐれものです。

おしゃれ能力も落ちている今、服は全身黒のコーディネイトになりがちですが、それでは気分が上がらないので、ピンクと赤のバイカラーのバッグに、Apple Watch（アップルウオッチ）の文字盤もポップな感じに。

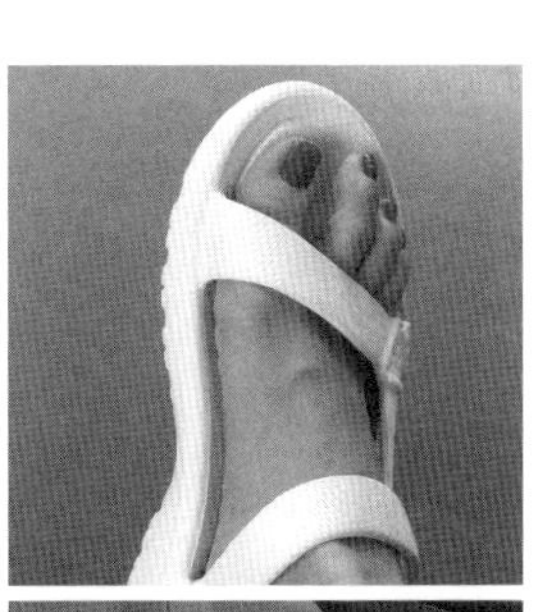

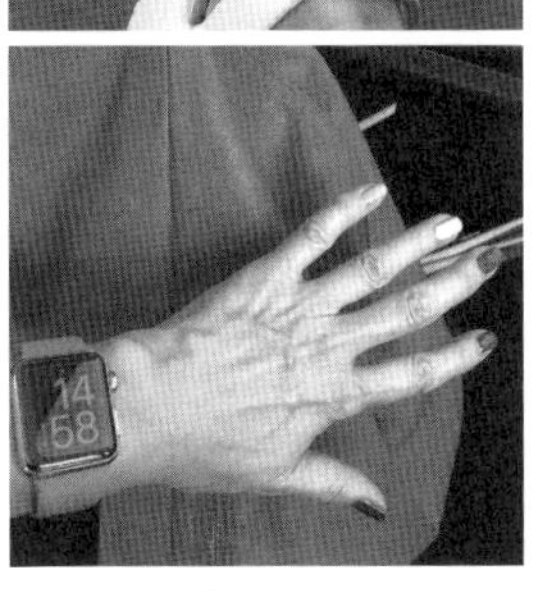

軟弱になった身体にぴったりな、Tevaのサンダル。バイカラーのバッグ、ポップな文字盤、ukaのネイルで少し気分を上げます。

指先もuka（ウカ）の新製品でマーブルチョコみたいにしてみました。

私の「小さな幸せ」シリーズ

少し前に、らっきょうを漬けました。私は梅雨の時期、毎年「梅仕事」をしているのですが、らっきょうを漬けるのははじめて。家にいる時間がたっぷりあったからできたことです。

それから、自分でパンを焼いてみて気づいたのは、パン屋さんやスーパーに売っているパンの凄さです。美味しいし、安い。プロの方の作るものなので当たり前なのですが、自分でやってみてはじめて実感できることってありますね。

今回の引きこもり生活で、私が幸せを感じることや瞬間って何だろう？　と考えました。それまで「大きな幸せ」としては、

1. ヨガにいく
2. 温泉や銭湯にいく
3. ライブや映画にいく

というものがありました。6月に入ってこれらが徐々に再開されつつありますが、私にとって、それ以外の「小さな幸せ」って何？　と考えたときに、

1．新しいマニキュアを開けるとき
2．ベランダのミニトマト、ミント、ローズマリーを収穫するとき
3．朝、鳥の声を聞くこと

かな？　と思いました。

サラダとマニキュアは新しいほうがいい！

開けたてのマニキュアはフレッシュで塗りやすく、同じ赤でも、数年前の赤とは明らかにニュアンスが違い、塗っただけで指先や足元が今っぽい感じになります。

マニキュアにも賞味期限があるみたいで、一度開けてしまったマニキュアは、どんなに高かったものでも濃度が濃くなり、ドロッとしていて塗りにくい。見た目ではわからなくて処分しにくいのですが、なかには20年くらい前にニューヨークコレクションでいただいたものまであってビックリ。さすがに色が分離していました。

5月、ベランダのミニトマトやミントが収穫できるくらいに育ってきました。サラダにちょっと彩りがほしいときなどに便利ですし、ミントはフレッシュミントティーにしたり、モヒートも作り放題です。もちろんミントを多め、甘さ控えめでね！

甘味は、アガベ（agave）シロップにしています。アガベはサボテンにも似たリュウゼツランという多肉植物から作られた甘味料で、アイスティーなどにも便利。以前は探すのが大変だったので、海外に行ったときにオーガニックスーパーなどで購入していましたが、今は近所のスーパーや成城石井で手に入るので助かります。

ベランダのミニトマトが真っ赤になりました！

アフターコロナは「再起動」

よく「アフターコロナ」という言葉を聞きますが、人との関わり方などを見直していかなければいけないこの時代、いろいろ再起動するチャンスだと思います。

リセットではなく再起動。コロナ禍で広がったオンライン会議やリモートワークは、今後も継続されていくと思いますし、人との付き合い方も変わります。本当に会いたい人、本当に会う必要のある人（仕事でも、プライベートでも）を厳選していく。食べるものも。すべて初期化するリセットではなく、長い間のルーティンワークでも実は無駄だったことなど、バグを修正するための「再起動」が必要な時代になると思います。

全国で2ヶ月近く自粛要請がなされた後ですから、自粛疲れもあると思います。新しいルールに戸惑うこともあるかもしれません。コロナで自粛していた分を急に取り返す！と張り切らず、当分無理をしない。仕事もプライベートも、一度深呼吸をしてみて、好きなことから少しずつ再開してみてはいかがでしょうか？

［おまけ］ちょっとした工夫で、紫陽花、長持ち！

2週間くらい前、歯医者さんの帰りに買った1本200円の紫陽花。さすがに萎（しお）れてきたので、短くして、お風呂くらいの温度のお湯を張ったボールに20分くらいつけておいたら、3本中2本は、まさかの大復活！　捨ててしまわなくてよかったです。

これも今までより時間の余裕があったから、できたことかもしれませんね。

自粛解禁生活、ただいま模索中

家ではベランダ生活、外ではメイクも眼鏡もマスク仕様

数ヶ月ぶりに、近所の立ち飲み日本酒屋さんで、さくっと一人飲みをしました。

アフターコロナ（コロナ後）の「一人飲み」考

新しい生活が始まり、おそるおそるではありますが、外に出るようになってきました。私の自粛解禁生活を少しご紹介します。

久しぶりの打ち合わせは、ソーシャルディスタンスをとって、マスクをして話します。Zoom会議も最初のうちは新鮮でしたが、内容によってはやはり限界が。あらためて、実際に会うことのよさを実感します。

ある日の仕事帰りには、近所の立ち飲み日本酒屋さんを覗いたら密でなかったので、さ

くっと一人飲み。店には、女性のお客さんが3人ほどいて、みなさん、距離をとって、静かに飲んでいらっしゃいました。美味しい酒の肴をいただき、2杯くらい好きなお酒を飲んでさっと帰る。その場に居合わせたからといって、無理に話をしたり友だちになったりはせず、一言二言だけクールに挨拶する関係。

大勢で騒ぎたい方や、飲みの場で出会いを求めている方もいらっしゃるかもしれませんが、いまは静かな一人飲み、あるいは少人数飲みが安全だし、粋なのではないでしょうか。

マスクとファッション、マスクとメイク がんばりすぎないのがトレンド

出かけるようになって気づいたのは、今年は冬のあとに、急に夏がやってきたこと。だって、私の住む東京では、3月末頃からみんな自粛生活に入り、春はずっと家にこもっていたからです。「失われた春2020」。それで、何を着たらいいの？ と、よく聞かれます。

いまは、おしゃれをがんばりすぎないのがトレンドかなと思っています。長い間、お買い物にも行けず、ファッションどころではなかったのですから。それも、世界中がほとんど同じ状況だったわけです。

さらに、出かけることができるようになったといっても、もちろんマスクをつけていま す。マスクコーデって難しいんです。下手をすると、マスク一つつけたことで、すべての バランスが崩れてしまう。メイクも含め、全体が素敵コーディネイトから遠ざかる。

たとえばメイクですが、前にも書きましたが（「自分を整える　心の浮き輪を見つけよう」）、とにかく、目元勝負！　眉毛をいつもよりキチンと描きましょう。ノーズシャドウもかなり効果的です。

そして、ずっと眼鏡生活だった私。つい、眼鏡をつけたまま何度もうたた寝をしてしまって、眼鏡のツル（テンプル）が緩んで広がってしまいました。私にとって、一日中眼鏡がずり落ちてくることほど、気持ちの悪いことはありません。

仕事の合間に、以前、持ち込みフレームにレンズを入れてもらった渋谷の眼鏡市場に、フレームの調整に行きました。いつも、スタッフの対応のよさに感心するお気に入りの店舗です。

その日は当然、マスクをつけた状態で行きました。そうしたら、「当分マスクをつけて生活なさいますよね？」と聞かれ、なんと、マスクをつけて眼鏡がちょうどいいように調整してくれました。コロナ時代の神対応に驚きました。

コロナ正・負の法則　ベランダの魅力再発見！

人に簡単に会えなくなると、人間関係について考えるようになりました。本当に会いたい人、話したい人は誰か、ということです。

自粛生活中、夜中の2時頃、Zoomのお誘いがありました。お誘いの相手はパリに住む友人です。夜型の私ですが、その日は疲れていて、最初、断ろうかと考えました。が、オンラインとはいえ、遠くに住む友人、話す機会は貴重です。コロナ前は年1、2回ほど会っていましたが、次に会えるのはいつになるか……いまのところ、まったくわかりません。で、お話しすることにしました。コロナは、人間関係を見直す機会かもしれません。

バンドマンで2ヶ月ライブの仕事がキャンセルになり、仕事はなくなったけれど、腱鞘炎が治った友人もいます。ライブができないのはつらいけれど、腱鞘炎が慢性化してバンドマン人生が短くなるよりよかったかもと言っていました。

私はというと、ベランダの魅力再発見。せっかく河辺に住んでいて、ベランダがあったのに、コロナ前は日々の仕事に追われてベランダでゆっくり過ごす時間は少なかったのです。

自粛中、自分への誕生日プレゼントに、IKEA（イケア）で4980円（税別）のガーデン用椅子とテーブル3点セットを、IKEAの通販ページから購入してベランダに設置。朝ごはんやランチ、夕陽を待ちながらブラッディマリーを一杯、など、ベランダで過ごす時間が長くなりました。

ベランダ生活、充実中。緑の子たちも元気に増えています。濃いトマトジュースに、ウオッカ、塩、胡椒、レモン、ウスターソースを入れたブラッディマリーアレンジと、"ぽんせん"みたいなライスクラッカーにクリームチーズを添えて。

ベランダでいただくブランチは、一味も二味も違うことに気付きました。玄米に自家製梅干しとお漬物、お味噌汁でヘルシーに(笑)。

正解のない時代を生きていく

心のソーシャルディスタンスをときには取りながら

夏の終わりに、美しい虹に出会いました。
No rain No rainbow…….

気がついたら、8月ももう終わり。

春ごろから始まったコロナ騒ぎのおかげで、2020年は「失われた夏」になってしまいました（もちろん春もですね）。

当初思っていたより長く続いているコロナとの生活。

「コロナの話題に疲れた、もうたくさん！」な方は、後半のおしゃれテーマ、ユニクロ展示会の話くらいまで飛ばして読んでくださいね。

私たちの生活は変わっていく

いまだに新型コロナウイルスについてほとんど何もわかっていない。専門家の先生方の意見も、春と夏では違ったものになっていますよね？　まだ誰も正解を出せないでいるのだと思います。

「わからない」ということが一番怖いし、不安になります。

でも今、世界中のみんなが同じ気持ちだと思います。

コロナは今までの疫病と違って、人々のつながりや文化を壊します。今まで楽しいと思っていた友だちとの食事、旅行、コンサート、ヨガ、プール、スポーツ観戦など、心がウキウキすることが普通に楽しめない状態になりました。

マスクもそうですよね？　本当に暑かった2020年の夏、必要な仕事や食料品の買い物など以外は、マスクをつけるのがつらいため、外出を控えて自主的自粛生活を送りました。

でも、人が動かないと経済も回りません。思っていたより長い「コロナとの生活」、一見なにも変わらないようで、私たちの生活はいろいろ変わって行くと思います。

「友だち」はみな、同じ意見を持っているわけではない

私たちはソーシャルディスタンス（社会的距離）をとって行動するようになっています。新型コロナウイルスの感染拡大予防のために、スーパーでも電車でも、周りの人と、一定の距離を保っています。

この、「少し距離をとる」ことは、人間関係や、テレビやSNSなどに溢れる情報に対しても、ときに、大事だと思うようになりました。

少し前に、フェイスブックにミュート機能があることを知ったのです。友だちの投稿を非表示（ミュート）にする機能です。ちなみに、相手には、ミュートにしていることは通知されません。

友だちをやめてしまいたいわけではありません。ただ、今はあまり目にしたくない投稿や意見が、たまにあります。自分の気持ちが変化したり、あるいは、相手の状況が変化したときは、また友だちとして仲良くやりとりしたい。でも、今は違う。そういうことって、ありませんか？　そんなときに、ミュートは便利な機能です。

世の中、いろんな考え方、いろんな環境の人がいますし、それは基本的に、とてもよいことだと思います。でも、自分の体調や心身の状態によっては、すべての情報や意見を気

持ちよく受け入れることはできません。とくにコロナ禍で、疲れや不安の多い時期ですから。

コロナ対策や政府の対応に対しても、まったく同じ意見を持つ人だけが「友だち」ではないのです。考え方は人それぞれ、違っていて当たり前だと思います。

今まで「友だち」だと思っていた人にも、〝心のソーシャルディスタンス〟をとってもいいのではないでしょうか。考え方は違っていてよい。距離をとることで見えてくるものもありますし、自分の感じ方も変わってくるものだと思います。

トラッドを上手く今流にアレンジしたものに目が行きます。

2020年秋冬は「ロングで行こう!」

先月、三密を避けた完全アポイント制のユニクロ秋冬展示会に行ってきました。

相変わらず気になるuniqlo Uでしたが、他にもトラッドを上手く今流にアレンジしたものに目が! グリーンなどのトラッドの色味出しが素晴らしく、トラッド道を受け継いだのはユニクロ? とまで思いました。私たち「大人女史」世代は、服を選ぶとき、なるべく丈が長いものを選ぶと今っぽい? コートもスカートも。

コレは、他にも大好きなブランド、COG THE BIGSMOKE（コグ ザ ビッグスモーク）の展示会でも思いました。流行は変わりやすいし、変わり方もわからない時代、「ロングで行こう！」は、2020年秋冬限定。私の勘かもしれませんが、ご参考に。

［おまけ］香りをアップデートして今を生きる

40代の頃からJO MALONE（ジョー マローン）の香りは定番の一つでした。そのJO MALONEが何とZARAとコラボ！ ZARAのウェブサイトで入荷待ちメールに登録して、やっと手に入れました。

香りは、JO MALONE に一癖加えてひねった感じ。まさに「今な香り」です。お求めやすい価格なので売り切れが続いていますが、諦めないで手に入れてみてください。ZARAのウェブページで、入荷お知らせメールを登録すると良いですよ。予測不可能な香りなので、なるべく小さいサイズの購入をオススメします。

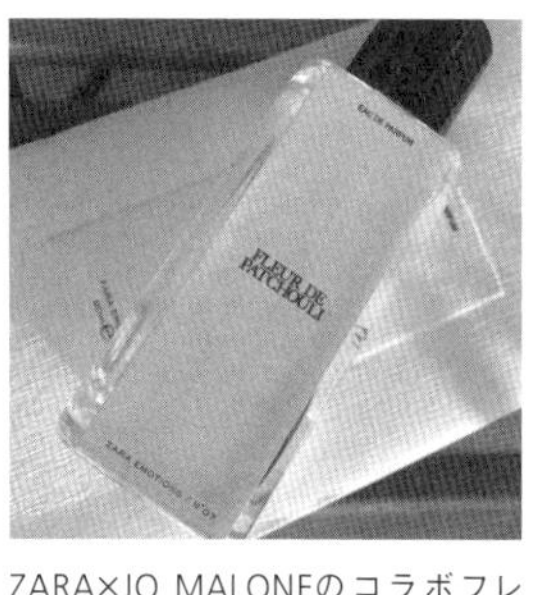

ZARA×JO MALONEのコラボフレグランス、「ザラ エモーションズ コレクション バイ ジョー ラブズ（Zara Emotions Collection by Jo LOVES）」。予測不可能な、まさに今の香りで、全8種類あります。

おわりに

この本の元になった、ウェブ連載「日々是混乱」を始めた2019年当初は、まさかこんな時代になるとは思いもせず、毎週のように地方イベントやライブの追っかけなど日本中のみならず世界中を飛び回っていました。誰がこんなに世界中が変わると予測していたでしょうか？

「日々是混乱」（あえて、ひびこれ混乱と呼んでください。リズム感の良さで身内の間で「ひびコレ」と呼んでいたので。造語です。笑）を単行本化するにあたって、全体を読み直してくれた担当の方に「地曳さん、これはある意味ドキュメンタリーですよ」と言われました。確かに、コロナ前とあとでは、還暦近いちょっと頭が混乱している私の日々の生活の変化やおしゃれに対する向き合い方が変わりました。他の地方に住む方々より感染者数が多く自粛要請期間も早くから始まった東京のど真ん中に暮らす私の日々は、この本を手に取られたあなたの生活とはかなり違ったものかもしれません。ただ、コロナ禍という困難な時代を迎えて、これから世の中は大きく変わるように思えます。アベノミクスで景気が良くなったと言われていた平成でしたが、果たして本当に豊かな時代だったのでしょうか？　もしかしたら、カラ元気というか勢いだけで「幻の良い時代」だった気もします。それは、人間らしさとか、弱い立場の人たちをいろいろ切り捨てた上に建てた「砂の城」だったのではないでしょうか？

コロナは体を蝕むだけではなく、人間の心、楽しみたいという気持ちまで脅かす今までにない本当に恐ろしい病気だと思います。無症状感染者もいるようで、パッとみてどなたが保菌者だかわからない。致死率も低いとは言え、２０２０年秋の段階では後遺症などその実態がまだ十分に分かっていません。そこが怖い。感染を防ぐために私たちができることは、ソーシャルディスタンスと手洗いうがい。

気分的に今私はサナギの中身です。ドロドロとしてまだサナギの外に出られない。「コロナなんかに負けないで、こんな時代だからこそ明るくポジティブに生きましょう」と言う方もいらっしゃるかもしれませんが、私は無理。今はじっとサナギのなかにいて、蝶になって自由に羽ばたける日が来るのを待つばかりです。

そんなサナギのなかにいるコロナ時代でも学んだことはあります。マスクをしてでも外に出て会って実際話したい人、観たい映画、歌舞伎など私にとって本当に大事なものがわかりました。逆に、要らないものもわかる。面倒だから会いたくない人や、危険を冒してまで楽しみたくない娯楽など。さまざまな規制をおしても会いたい、行きたいものが、私の人生にとって数少ない重要なものだと認識しました。自分にとって人生で何が大事で自分を楽しくしてくれるかは人それぞれです。

もう一つ気づいたこと。コロナ前はまるで毎週打ち上げ花火大会が開催されていたような華やかなイベント満載の「キラキラ」の日々。今は、ベランダで収穫するバジルやトマト、赤ちゃんメダカの誕生などに喜びを感じる日々。小さな日常の幸せもありがたいと感じられるように感性がリセットされた気持ちです。

もうしばらくは「コロナ、サナギ時代」が続くかもしれませんが、後から考えて、ああ、そんな時代も必要だったのだなあ、と思えるように過ごしたいと思います。

コロナ以前に比べたらつまらない時代かもしれませんが、夜明けの来ない夜はない。

また、早くトークショーでみなさんとお会いできる日を夢に見つつ。

頑張りすぎるな！

今はお気楽にね。

2020年　冬のはじめに

地曳いく子

本書はホーム社文芸図書WEBサイト「HB」の連載
「ハロー新元号！ 日日是混乱」（2019年3月～2020年8月）に加筆・修正を加えたものです。

地曳いく子

Ikuko Jibiki

1959年生まれ。スタイリスト。「non-no」をはじめ、「MORE」「SPUR」「Marisol」「éclat」「Oggi」「FRaU」「クロワッサン」などのファッション誌で30年以上のキャリアを誇る。近年ではテレビやトークショーなどでも活躍する。著書に『50歳、おしゃれ元年。』『服を買うなら、捨てなさい』『ババア上等! 余計なルールの捨て方 大人のおしゃれDo! & Don't』(槇村さとるさんとの共著)『若見えの呪い』など多数。

日々是混乱
これが私のニューノーマル

二〇二〇年一一月三〇日　第一刷発行

著者　地曳いく子

発行人　遅塚久美子

発行所　株式会社ホーム社
〒一〇一-〇〇五一　東京都千代田区神田神保町三-二九　共同ビル
電話［編集部］〇三-五二一一-二九六六

発売元　株式会社集英社
〒一〇一-八〇五〇　東京都千代田区一ツ橋二-五-一〇
電話［販売部］〇三-三二三〇-六三九三（書店専用）
［読者係］〇三-三二三〇-六〇八〇

本文組版　有限会社一企画
印刷所　大日本印刷株式会社
製本所　ナショナル製本協同組合

 ISBN978-4-8342-5341-2 C0095